著作权合同登记号　图字 01-2020-5879

Günter Grass
IM KREBSGANG
Copyright © Steidl Verlag, Göttingen 1999
Chinese language edition arranged through HERCULES Business & Culture
GmbH, Germany
Simplified Chinese translation copyright © People's Literature Publishing
House, Beijing, 2022

图书在版编目（CIP）数据

蟹行/（德）君特·格拉斯著；蔡鸿君译. —北京：人民文学出版社，2022
（君特·格拉斯文集）
ISBN 978-7-02-016553-7

Ⅰ.①蟹…　Ⅱ.①君…②蔡…　Ⅲ.①长篇小说—德国—现代
Ⅳ.①I516.45

中国版本图书馆 CIP 数据核字（2020）第 204262 号

责任编辑　欧阳韬
装帧设计　刘　远
责任印制　任　祎

出版发行　人民文学出版社
社　　址　北京市朝内大街 166 号
邮政编码　100705

印　　刷　北京盛通印刷股份有限公司
经　　销　全国新华书店等

字　　数　148 千字
开　　本　880 毫米×1230 毫米　1/32
印　　张　5.5　插页1
印　　数　1—6000
版　　次　2022 年 1 月北京第 1 版
印　　次　2022 年 1 月第 1 次印刷

书　　号　978-7-02-016553-7
定　　价　59.00 元

如有印装质量问题，请与本社图书销售中心调换。电话：010-65233595

译 本 序[*]

　　《蟹行》（*Im Krebsgang*）出版于二〇〇二年二月，两周内售出二十五万册，在德国所有文学图书排名榜上跃至榜首。二月四日，德国最有影响的杂志《明镜周刊》第 6 期率先将该书作为封面主题报道，标题是《德国的泰坦尼克——格拉斯的新作：被遗忘的难民船悲剧》，除了一篇《蟹行》评介文章之外，还配发了许多有关"威廉·古斯特洛夫号"沉没的文字和图片资料，文章中称，该书追述世界航运史上的最大海难——德国"威廉·古斯特洛夫号"游船被苏军潜艇击沉，是大胆地闯入了一个几十年来德国战后文学的禁区，而且写得"极为出色"，"引人入胜"。二月五日，德国电视二台首播"德国文学教皇"赖希-拉尼茨基（Marcel Reich-Ranicki）主持的电视节目《赖希-拉尼茨基独奏》，这个节目早已在几个月前就作了预告，是颇受德国文化读书界关注的事件，赖希-拉尼茨基对该书大加赞扬，声称在阅读时多次"热泪盈眶"，作为资深文学评论家，他不会"在自己的水平之下流泪"，他赞扬《蟹行》不仅是格拉斯迄今最优秀的作品，而且也是近年德语文学最好的几本书之一，他对着实况转播的摄像机，向格拉斯表示祝贺。二月十四日的《明星周刊》称：作者以高超的文学技巧，表现了二战后期成千上万德国东部居民向西部逃亡的历史，将"威廉·古斯特洛夫号"海难作为中心事件，"成功地把历史事实与文学虚构融为一体"。紧接着，德国几乎所有重要报刊都发表了对《蟹行》的评介，但是大多数文

---

　　[*] 本序言原标题为《历史与虚构的完美结合：再现历史，昭示后人》。

1

章主要是着眼于"威廉·古斯特洛夫号"沉没事件,"老人与海"成为好几篇文章不谋而合的标题,而一些地方性报纸上发表的文章才比较注重作品的文学性。文学评论界对这部中篇小说几乎一致赞扬,不少评论认为,《蟹行》是格拉斯文学创作的一个新高峰。

格拉斯见到一些报刊借《蟹行》这部小说就"威廉·古斯特洛夫号"沉没大做文章之后,在接受《明星周刊》记者采访时明确提出:这是一场灾难,而不是犯罪。当时仍在交战,"威廉·古斯特洛夫号"的行动有很大成分是军事行动,这条船不是"难民船",因为船上还有上千名德国海军新兵和穿军服的海军辅助人员,苏军潜艇指挥官下令击沉该船完全是正确的。关于闯入"禁区"之说,格拉斯也不完全赞同,他指出,写德国这个发动战争的民族同时也是战争的牺牲品这一主题,在同时代的作家中不乏其人,德国东部居民向西部逃难,过去在东德是"禁区",但在西德不是,他自己的许多作品都对此有所涉及,只不过人们对此没有给予足够的关注罢了。

在德国最大的两家大众新闻周刊《明镜周刊》和《焦点周刊》公布的二〇〇二年年度"文学类"畅销书单中,《蟹行》均排名第一,全年销量在五十万册以上。《蟹行》是格拉斯一九九九年获诺贝尔文学奖之后出版的第一部作品。有人说,诺贝尔文学奖给获奖者投下了一道阴影,在其之下,不少作家基本停止了文学创作,很多人开始动手撰写自传或回忆录。当记者问及格拉斯获得诺奖对其文学创作的影响时,他说:"我在写作时完全忘记了获奖的事。无论是在获奖之前还是在获奖之后,写作过程都是很费力很辛苦的。我当然明白,外界的期望是很大的。"他坦然地承认:"我不知道,如果我是在五十岁时得到诺贝尔奖,会怎么样。但是,我是在七十二岁时获得的,已经经过了很多年在有可能获奖的推测和等待中的磨炼。"事实证明,七十五岁高龄的作家愈老弥坚,在文学创作上仍在不断突破求新,作品本身无论是主题、构思、布局、叙述等,都确实可圈可点,不愧是出自大手笔之作,《蟹行》可以说是格拉斯又一次给了世人一个惊喜。

德国当年在纳粹主义思想驱使下发动了第二次世界大战,德国法西斯的铁蹄几乎践踏了欧洲所有国家,给人类社会带来难以想象的灾难,仅居住在欧洲的犹太人就被屠杀了数百万。然而,这个发动战争的民族,同时也是战争的牺牲品。上百万德国军人死于异国他乡,许多德国城市在战争后期乃至停火后仍然遭到盟军飞机毁灭性的报复轰炸,一千多万东部居民在寒冷的冬天向西部逃难,包括格拉斯出生和成长的但泽地区也被作为大国之间进行交易的筹码,划分给了波兰,德国被盟军四大国实行军事管制,并且导致后来长达四十年的分裂,两个社会制度完全不同的德国并存直到1990年才重新统一。长期以来,德国作为战争的发动者,始终只能扮演犯罪者和应该受到惩罚的对象,德国民族在战争中遭受的灾难,一直是文学创作中极少出现的主题。

《蟹行》这部小说中叙述的威廉·古斯特洛夫其人其事以及"威廉·古斯特洛夫号"沉没,对于绝大多数战后出生的德国人是完全陌生的。威廉·古斯特洛夫于一八九五年一月三十日出生在德国城市什未林,一九三六年作为德国纳粹党瑞士分部主席在瑞士的达沃斯被德国犹太青年大卫·法兰克福特刺杀身亡。一九三七年,希特勒亲自提议以他的名字命名一艘下水的新式万吨旅游船,此后这艘船先是专门经营纳粹政权组织的被称为"力量来自欢乐"的大众旅行活动,战争爆发后改建成停靠在岸边的军医船和军训船。一九四五年初,苏联红军大举反攻,迅速占领德国东部地区,"威廉·古斯特洛夫号"从但泽附近海港启程,船上载有逃往德国西部的难民近万人和数千德军士兵。一九四五年一月三十日夜里,这条船在波罗的海被苏联红军潜艇"S-13号"发射的三颗鱼雷击沉,死亡人数估计超过九千人,大部分是妇女儿童,是世界历史

3

上死亡人数最多的海难。这一天凑巧是威廉·古斯特洛夫的五十岁生日,也是希特勒上台二十二周年纪念日。作者客观地陈述了"威廉·古斯特洛夫号"沉没的经过,没有丝毫夸大或者渲染,用了很多篇幅追述三个与此密切相关的历史人物的生平事迹,即威廉·古斯特洛夫,大卫·法兰克福特,下令发射鱼雷击沉"威廉·古斯特洛夫号"的苏联红军潜艇艇长亚历山大·马林涅斯科。亚历山大·马林涅斯科后来的结局颇具戏剧性,战后没有得到理应得到的荣誉称号,反因其他原因被发配到古拉格群岛服刑,直到去世多年后才得到平反,这一切都是以事实为依据的。

作家在钩沉"威廉·古斯特洛夫号"沉没这段历史的同时,巧妙地将其与现时主线串联在一起,通过书中的叙述者,向读者展现了德国的现实生活,叙述了一个新纳粹分子戏剧性地向犹太人复仇的故事。

小说中的现实人物是主人公保尔、母亲图拉、儿子康尼。图拉是读过格拉斯作品的读者熟悉的人物:在《猫与鼠》(1961)里,她是一个轻浮的少女;在《狗年月》(1963)中,她在苏联红军逼近但泽前夕,随着德军撤退;《母鼠》(1986)里提到,图拉也许是上了"威廉·古斯特洛夫号",并且一起沉入了大海。格拉斯在《蟹行》一书中又续起了这条线索,通过图拉这个虚构人物的出场,"拥有了进入这些历史素材的文学通道"①,叙述了图拉获救,生下儿子,逃到苏联占领区,在社会主义的前东德生活的经历。当年,她年仅十七岁,独自乘"威廉·古斯特洛夫号"逃难。船被击中后,怀有身孕的图拉幸运地乘坐为数不多的救生艇,上了德军的鱼雷快艇"雄狮号",当天夜里生下了儿子保尔。二十世纪九十年代末,作为记者的保尔,在母亲多年的催促下,终于开始收集资料,准备撰写一

---

① 2002年3月25日至27日,笔者在德国北部城市吕贝克参加君特·格拉斯先生召集的《蟹行》翻译讨论会。其间,笔者采访了格拉斯先生。这段话及本文中的相关引文均引自笔者对格拉斯的采访。

本记录这一海难的书,小说就是以保尔的口吻用第一人称叙述的。当年图拉获救后逃到苏联占领区即后来的东德城市什末林,保尔在柏林墙修筑起来之前逃到了西柏林,几十年的记者生涯一帆风顺,但个人生活屡经挫折,与妻子离异,也很少关心尚未成年的儿子。保尔在网上查找资料,无意中进入一个新纳粹分子的个人网页。他追踪化名为"威廉"和"大卫"的两个青年人的网上聊天,最后竟然发现彻头彻尾的新纳粹分子"威廉"竟然是自己的儿子康尼,而痛恨当年纳粹罪行并且视大卫·法兰克福特为英雄的"大卫",则自然成为"威廉"攻击乃至复仇的对象。结果,两个年轻人在现实生活中重演了六十多年前的历史,"威廉"将"大卫"诱骗到纳粹头目威廉·古斯特洛夫的出生地什末林,像当年大卫·法兰克福特刺杀威廉·古斯特洛夫那样,对"大卫"连开四枪,将其击毙,然后向警方投案自首。

对于书中反映的这段德国历史,作家本人是非常熟悉的,格拉斯于一九二七年出生在但泽,一九四五年初,他曾经建议自己的父母乘坐"威廉·古斯特洛夫号"逃往德国西部。由于种种原因,他们当时没有踏上这条不归之路,而是在一九四五年夏天遭到苏军驱逐后逃往西部。为了史实的准确无误,格拉斯请了一位历史学家帮助收集资料,自己则花了半年的时间进行整理消化,然后在九个月内完成手写的初稿。书中对三个与"威廉·古斯特洛夫号"海难密切相关的历史人物以及历史细节都写得非常精细。

小说里虚构的现实生活里的三代人,可以说是德国当代社会的一个缩影。图拉作为"威廉·古斯特洛夫号"海难的幸存者和见证人,经历了战后的艰难困苦,对当年的海难她总是零零星星地重复个人的经历,希望当记者的儿子有一天收集更多的资料,将"威廉·古斯特洛夫号"海难写成一本书,德国统一之后,她才见到唯一的孙子并且经常向他唠叨往事。保尔在"威廉·古斯特洛夫号"被击中一个小时后来到这个世界,他对自己颇有戏剧性的出生经过并无特别兴趣,几十年来一直有意回避有关"威廉·古斯特洛夫号"的信息资料。二十世纪九十年代末,当他终于动笔要写的时候,他先是怀疑自己是否有能力把这一数千人葬身海底的事件写成文字,因此总是三心二意,直到他在网上发现并且证实新纳粹分子"威廉"是自己儿子之后,才开始认真起来。康尼因父母离异,自小缺少大人的关爱,两德统一后,他作为唯一的孙子,得到了奶奶格外的厚爱,而老人对个人经历的片面认识,在他幼小的心灵里埋下了仇恨的种子,他用奶奶送的生日礼物——电脑,设计了充斥着极右言辞和图片的网页,他把那艘击沉"威廉·古斯特洛夫号"的苏联红军潜艇官兵称作"杀害妇女儿童的凶手",把聊天对象"大卫"视为当年刺杀威廉·古斯特洛夫的凶手,采取欺骗的手段,将其杀害,并认为是为全体德国人向犹太人复仇。他告诉警察:"我开枪行刺,就因为我是德国人。"当年大卫·法兰克福特在瑞士法庭上说的话是:"我开枪行刺,就因为我是犹太人。"现实生活中,被打死的"大卫"其实并没有任何犹太血统,父亲是核物理学家,母亲是音乐教师,而且"威廉"并非真正仇恨犹太人,恰恰相反,他非常欣赏以色列对阿拉伯国家实行的军事恐怖。

书名《蟹行》直译是"按照螃蟹的走路姿势",书中主人公声称:为了寻找资料,在历史的故纸堆里前后翻腾,东寻西找,与时代斜向地相遇,有点像是按照螃蟹的走路姿势,它们总是假装出向一侧后退的样子,然而却以相当快的速度前行。格拉斯在接受笔者采访时说:"使用现在这个书名完全是从小说的叙说方式出发的,在时间的安排上,在叙述的安排上,有平行,也有交叉,书里小说主线的叙述与螃蟹的行走方式很相似。'蟹行'在德语中是一个常用的词,只是表明一种运动方式,我想,在所有的语言中都有'蟹行'这种说法,书名的意思就是'按照螃蟹的走路姿势',完全是中性的,没有任何贬义,只是指叙述或者写作的方式,一会儿向前,一会儿倒退,有时交叉,有时平行,穿插了三个真实人物的生平和一个虚构人物的故事。"小说在叙述方式上,也不无螃蟹的走路姿势,时间、事件、人物前后交错,一会儿是交代历史,一会儿又"以蟹行的方式回到我个人的不幸",叙述流畅,转换自如。不难看出,作家选此书名,还有隐喻历史进程的考虑:历史总是在前进和倒退的交替中前进的。

《蟹行》一书共二百一十六页,在德国也可以被视作长篇小说(Roman),但是格拉斯坚持将其归入中篇小说之列,并且在书里加上中篇小说(Novelle)的字样作为副标题。对此,作家本人是这样解释的:"这本书写的是非同寻常的事件(außergewöhnliches Ereignis),甚至是双重意义上的非同寻常的事件。一层是这条船的故事,一直到它沉没,非同寻常的事件是叙述者在船沉没的短暂时间里,在前来救援的'雄狮号'上出生,另一层是,在互联网上捡起这一主题的那个极右青年,竟然是他的儿子。接着,事情更加复杂化,最后重现了开始时的谋杀情节,使小说再次达到高潮。我认为,它具备中篇小说的等级,具备一个非同寻常的事件的等级。但是,由于幽默的原因,稍微也有一点破例,因为,虚构的小说叙述者始终声称自己在写一篇报道,而且他总是把报道的风格加入进来。这两种形式,即中篇小说和报道,相互之间保持着一种竞争的关系。一边是报道的语调,一边是叙述的语调。对于我来说,虚构的小说叙述者和我这个作者之间在书中进行的争吵,很有吸引力。我把这本书当作一部中篇小说,他却坚持认为是在写一篇报道。"

《蟹行》中的叙述者"我",是当年几乎生在"威廉·古斯特洛夫号"上的保尔,而作者格拉斯则以"某人""老家伙""他""我的雇主"等身份在书里时隐时现。小说的第一句话是:"'为什么现在才写?'某人说,这个人并不是我。"这句话使人立刻就联想到《我的世纪》的第一句话:"我,替换了我的人,每一年都要出现。"

作为一位在文学作品中努力表现时代主题的作家,格拉斯始终将"用文学作为工具，去进行教育（aufklären）"（格拉斯语）视为己任。他说:"《蟹行》这部小说表现的主题，长期以来，在德国一直没有引起人们的关注，驱赶前德国东部地区居民和一千多万人逃难的主题，在西德被挤到一边，在东德根本就不准提及。这也是我本人生活中的一个重大主题。我在一九二七年出生在但泽，我的父母在那里经营一个专卖殖民地产品的小店，一九四五年一月，我作为空军地勤在科特布斯负了伤，曾建议我的父母乘'威廉·古斯特洛夫号'逃往西部，他们当时没有走，而是在夏天被苏军驱逐的。许多年来，我们一直在讨论其他的灾难、失职和罪过。在《蟹行》这本书里，图拉的儿子直到五十多岁的时候才开始着手从他自己的角度写这些母亲已经督促了几十年的往事。他在互联网上找到了极右分子搞的有关'威廉·古斯特洛夫号'的网页，这才真正开始写他的报道。人们只要在德国的东部或者西部了解一下，就会发现，只有很少的人听说过'威廉·古斯特洛夫号'船和这次海难。威廉·古斯特洛夫是什么人，是谁把他打死的，出于什么动机，这一切几乎没有人知道。因此，我在书里讲述了'威廉·古斯特洛夫号'从下水到沉没的历史，也交代了计划建造和命名的经过。历史是不会停滞不前的。新的纳粹分子与光头仔不同，他们可能在高级文理中学甚至在大学里。抵制新纳粹主义，必须持之以恒，我也努力用我的方式，即小说家的方式。……'威廉·古斯特洛夫号'海难虽然在书里起着重要的作用，……但是，这绝不是写这本书的动机。……我在书里有意识地并没有只写'威廉·古斯特洛夫号'海难，而是还写了这一事件之前的许多事和相关的人物生平，从威廉·古斯特洛夫的发迹一直到他一九三六年被杀，然后是医学院学生、犹太人大卫·法兰克福特的生平，他进行刺杀的过程，在瑞士坐牢，战后去了以色列，还有苏联红军潜艇艇长亚历山大·马林涅斯科的故事，从他在敖德萨的童年，写到他指挥击沉'威廉·古斯特洛夫号'，战后被发配到西伯利亚。当然，这些生平传记都是依据'威廉·古斯特洛夫号'海难,按照这条船的命运,进行编排的。书里还有一个虚构人物,是我从过去的书里拿来的,图拉·波克里弗克,她最早是出现在我的中篇小说《猫与鼠》里的,后来又在长篇小说《狗年月》里得到扩充,她现在又被写进了《蟹行》。这样,我就拥有了进入这些历史素材的文学通道。对我来说,最初这只是一堆没有经过梳理的素材,许多年来一直在我的脑子里,我总在想什么时候要把它们写出来,而且必须写出来,但是,直到我想到让图拉这个人物出场,我才找到了处理这些素材的文学通道。"

《蟹行》出版之后,有些文章提出,这部新作表现的主题表明格拉斯有向右转的倾向,他们的结论是,格拉斯将趋向保守。格拉斯本人对此嗤之以鼻:"这完全是愚蠢的说法。如果认真地读了这本书,就会看懂作者的意图。我认为,也必须克服存在的左倾的盲目无知(linke Blindheit)。我们不应该把这个主题,这个重要的主题,交给极右分子,其实这也是左翼自己的疏忽失职,把这个主题放到一边,避而不谈,让右翼将它送到互联网上去了,因此,我站在我的左派立场上来写书进行反击。"德国统一之后,在德国年轻一代中,极右思潮泛起,尤其是在九十年代中期,发生了多起青年右翼分子袭击外国人的恶性案件,社会舆论和绝大多数德国人都反对和谴责这些行为。前不久,德国主要执政党——社会民主党提出了一个禁止极右党派 NPD(德国国家民主党)的提案,作为长年支持社会民主党的格拉斯却提出不同看法:从法律上禁止 NPD,是阻止不了极右思潮的,应该加强教育,甚至可以公开出版加有注释的希特勒的《我的奋斗》,让年轻人了解历史,思考问题,从而选择正确的人生道路。书中安排"威廉"和"大卫"的父母在法庭面对,他们之间没有仇恨,而是更多地对自身进行反省和自责:忽视对子女的教育,是导致悲剧的重要原因。显然,再现历史,昭示后人,反思往事,重在教育,是《蟹行》这部小说的中心主题。

笔者作为《猫与鼠》《我的世纪》的译者，在二〇〇一年圣诞前夜收到《蟹行》一书的清样，并且还同时收到了参加二〇〇二年三月下旬《蟹行》一书翻译研讨会的邀请。自一九七七年以来，格拉斯每次出版新作，都要和编辑人员一起向来自各国的译者详细解答翻译中的问题。三月二十五日至二十七日，笔者在德国北部城市吕贝克参加格拉斯先生召集的《蟹行》翻译讨论会，会场设在诺贝尔文学奖获得者托马斯·曼的故居"布登勃洛克之家"。这次与会的译者多达二十二位，来自二十一个国家。其间，笔者有机会采访了格拉斯先生。格拉斯在谈了许多与《蟹行》及其文学创作有关的问题后，专门提到他读过包括《金瓶梅》在内的许多中国古典文学作品，至于现当代文学，他特别推崇老舍的《四世同堂》，认为"《四世同堂》是一部很了不起的长篇小说，……我非常有兴趣并且非常认真地读了这本书，的确是一本很好的书"。得知《蟹行》将被翻译成中文出版，格拉斯通过笔者寄语中文读者："我希望，这本书可能会从某种转义上引起中文读者的兴趣。在中国历史上，肯定也会有许多事件，或者早已被人们遗忘，或者长期不得谈论，或者被列为禁区，我的这本书也许会促使某位中文读者或者某位中文作家，去写写这些由于种种原因成为禁区的事件，那么我将会感到非常欣慰。"《吕贝克日报》的记者专门请笔者用中文写下"君特·格拉斯:《蟹行》"几个字，在三月二十七日的该报上，这几个中文字作为通栏标题刊登在这次翻译研讨会的报道文章上面。

蔡 鸿 君
2002 年 4 月写于德国凯克海姆
2003 年 5 月修改于德国林岛

谨此备忘

第 一 章

　　"为什么现在才写?"某人说,这个人并不是我。因为母亲总是一再地对我说……因为我想呼喊,就像当年水面上飘荡着喊声的那个时候一样,但是,我喊不出声……因为事实真相只有不到三行字……因为现在才……

　　诉诸文字,我还是感到困难重重。某人,他不喜欢别人找借口,总盯着我的职业不放。从毛头小伙的时候起,我就和文字打交道,在施普林格的一家报社当实习生,迅速入门上道,然后抽身离去,为《柏林日报》去写反对施普林格的长篇大论,然后又给几家新闻通讯社当雇佣兵写短文,很长时间里,我作为自由撰稿人,把所有刚刚出炉的东西写成文章:每天都有新鲜事。天天都要写新闻。

　　可能是吧,我说。但是,像我们这些人没有学过别的东西。要是我现在必须开始自我清理的话,那么,我所有不成功的事,都要记在一艘沉船的账上,因为母亲当时已经十月怀胎,因为我完全只是由于偶然的原因才活了下来。

　　我就要为某人效劳了,但是,请允许先把微不足道的我撇在一边,因为这个故事是在我出生之前很久就开始的,在一百多年以前,在梅克伦堡的公爵首府什末林,该城坐落在七个湖泊之间,是一个芦苇城,明信片上印有一座尖顶众多的城堡,历经战争,它的外表依然完好无损。

　　起初,我不相信,一个早就被从历史上勾掉的偏僻小城,除了旅游者之外,还能吸引什么人,然而,我的故事开始的地方却突然在互联网上热了起来。一个匿名者,通过数据、街名、学校成绩单,提供了有关某个人的情况,他要为像我这样的一个在陈旧历史里寻觅的人发掘一个宝库。

这些玩意儿刚一上市,我就买了一台装有调制解调器的苹果电脑。我的职业要求能够捕捉在世界各地漫游的信息。我凑凑合合地学会了怎么使用这台电脑。对我来说,"浏览器""超文本链接"这些词语很快就不再是难懂的东西。获取一些需要的信息,按几下鼠标将其删除,情绪好的时候或者感到无聊的时候,就从一个聊天室跳到另一个聊天室,即使是最无聊的垃圾电子邮件也给予回答,也看过两三个色情网站,毫无目的地在网上浏览了一阵之后,最后打开了几张主页,全是所谓的昔日的老牌死党和新鲜出炉的年轻纳粹分子贴在上面发泄仇恨的痴言妄语。输入了一条轮船的船名作为搜索主题词,突然,我打开了一个网址:www. blutzeuge. de,德文的意思是"烈士"。一个叫"什未林战友同盟"的,用哥特体的字母在那里大吹大擂。全是放马后炮的玩意儿。令人恶心,更让人感到可笑。

很清楚,这里指的烈士,是些什么样的烈士。但是,我还不知道,是不是像曾经学过的那样,先让这一个出场,再让那一个出场,然后是这一个或者那一个的生平事迹,或许我必须斜向地走进历史,按照螃蟹的走路姿势,它们总是假装出向一侧后退的样子,然而却以相当快的速度前行。只有一点是肯定的:大自然,准确地说,是波罗的海,对在此将要报道的所有事情,早在半个世纪以前就已经表示了赞同。

最先提到的这个人,他的墓碑已被捣毁。初中毕业后,他开始在银行学徒,悄无声息地结业,对此,互联网上毫无信息。这个于一八九五年出生在什未林的名叫威廉·古斯特洛夫的人,只是在专门为他设立的网页上,被作为"烈士"受到颂扬。关于他受到损害的喉咙和当年阻止他在第一次世界大战中英勇参战的慢性肺病,也没有任何提示。当汉斯·卡斯托普这个来自汉萨同盟之家的小伙子,按照把他编造出来的那个作家的指令,不得不离开魔山,为了像在《魔山》这部长篇小说第994页上写的那样,作为志愿兵在佛兰德阵亡或者逃入虚无缥缈的文学王国，瑞士的人寿保险银行，出于照顾的原因，在一九一七年把它们的这位勤奋的职员送往瑞士，据说，他在达沃斯治好了肺病，他在特殊的空气中如此健康，因此只能用其他的死亡方式来对付他。他暂时还不想回什未林，不想回到低地德国的气候。

威廉·古斯特洛夫在一家气象台找到一个当助理的工作。当这个研究机构变成一个瑞士联邦基金会之后，他立刻被提升为气象台的秘书，他还有时间作为一家家庭用具保险公司的外勤代理人，挣上一份额外收入。通过这项兼职，他了解了瑞士所有的州。他的妻子黑德维希也很勤奋，她为一个叫莫塞斯·西贝罗特的犹太人律师当秘书，却又不必克制自己的种族观念。

到这时为止，所有事实都表明，这对夫妇属于市民阶层，但是，就像后来得到证明的那样，他们只是伪装出了一种与瑞士的挣钱欲望相适应的生活方式。这位气象台的秘书卓有成效地利用了他的天生的组织才能，最初是下意识的，后来则是完全公开的，而且长期得到雇主的容忍。他入了党，截至一九三六年初，他在瑞士的德国侨民和奥地利侨民中间发展了大约五千名党员，将他们召集到瑞士各地的地方党部，让他们向那个由天意决定来担当元首的人宣誓效忠。

他是由负责党的组织机构的格奥尔格·施特拉瑟任命为瑞士党部主席的。施特拉瑟属于党内的左翼，一九三二年，因为反对元首接近大工业财团，他辞去了所有职务，两年后，他被算作罗姆暴乱的人，被自己的人处决了。他的兄弟奥托亡命国外。因此，古斯特洛夫不得不寻找一个新的榜样。

根据格劳宾登地方参议会提出的一个质问，警察局外事处的一位官员曾经向他问过，如何看待他在瑞士联邦境内担任国社党瑞士党部主席一职，据说他是这么回答的："在这个世界上，我最爱我的妻子和我的母亲。假如我的元首命令我杀死她们，我会服从他的命令。"

这段话在互联网上受到质疑。在什未林战友同盟提供的网上聊天室里,有人说,这些谎言都是犹太人埃米尔·路德维希在他的那部拙劣的作品中编造出来的,其实施特拉瑟的影响仍然是对这个烈士起作用的,古斯特洛夫面对这个国家主义者总是强调他的世界观中的社会主义成分。在聊天者们之间很快就闹起了派系之争。虚拟空间的长刀之夜,也会有牺牲者。

于是,所有感兴趣的网上用户都被要求记住一个日期,这个日期被看作是天意的证明。我试图说服自己把它当成纯属偶然的日期,使党的干部古斯特洛夫进入超自然的相互联系:一九四五年一月三十日,在这个烈士出生整整五十年后的这一天,这艘以他的名字命名的轮船沉没了,这也是夺取政权十二年之后,同样也是恰恰在这一天,为彻底覆灭发出了一个信号。

就像是刻在花岗岩上的楔形文字。这个该死的日期,一切由此开始,急剧发展,到达顶峰,最后归于结束。我也被注明是在这场使人难忘的灾难发生的日子出生的,这要感谢母亲,而她自己则按照另外一本日历生活,不相信任何偶然性和类似的解释。

"肯定不是!"她大声说,我从来没有叫过她"我的母亲",而总是只叫"母亲","这条船也可以用旁人的名字,但是不管咋样,还是得沉。俺只是想知道,这个俄国佬发命令把三个大家伙笔直地向俺们射来的时候,究竟是咋想的……"

她总是这样嘟嘟囔囔,好像这件事并没有过去那么久。絮叨得很,说出的话都像是被烫衣服的轧压机滚碾过似的。她把土豆叫作山药蛋,把凝乳叫作牛奶疙瘩,把芥末汁煮鳕鱼叫作芥末鱼。母亲的父母,奥古斯特·波克里弗克和埃尔娜·波克里弗克,来自科施内德莱,方言叫科施内夫伊。他们是在朗富尔长大的,不是在但泽城里,而是在这个绵长延伸的、逐渐拓宽成旷野的城郊地区,这里有一条街叫埃尔森大街,对于乌尔苏拉这个孩子,人们都叫她图拉,这就是她的全部世界,因为,每次她讲述"老早以前的事",这是母亲的说法,虽然经常都是在波罗的海沙滩边上游泳,或者在城郊南部的森林里滑雪，但是大多数时间她还是强迫她的听众待在埃尔森大街十九号这幢出租房的院子里，从这里出来，绕过被链子锁住的狼狗哈拉斯，就进入了一个木匠铺，这里的工作噪音是由一架圆锯、一架带锯、一台铣床、一台电动刨和一架嗖嗖响个不停的老式刨床汇合而成的。"还是小丫头的时候，俺就被允许搅和骨胶……"因此，有人说，无论女孩图拉站在哪儿，躺在哪儿，走到哪儿，跑到哪儿或者蹲在哪个角落里，那股有着传奇色彩的骨胶味道总是跟随着她。

我们战后在什未林住了下来，母亲在这个芦苇城学的是木匠手艺，也就毫不奇怪了。作为"迁居者"——这是当时东德的说法——她立刻就分配到了一个学徒的位置，在她师傅的简陋工棚里，那四台刨床和一个总在咕嘟咕嘟响的骨胶罐都是有年头的老古董。从那里到雷姆街不太远，母亲和我就住在雷姆街的一个油毛毡小屋里。假如在事故发生之后，我们不是在科尔贝格上的岸，要是"雄狮号"鱼雷艇把我们带到了特拉威明德或者基尔，也就是说带到了西边，母亲作为"东部难民"——这是那边的说法——肯定也会去当木匠学徒的。我说是纯属偶然，而她则从第一天起就把我们被强制送到这个地方看成是预先确定好的。

"这个俄国佬到底是哪个日子生的，就是那艘潜艇的艇长？平时你总是啥事儿都码得一清二楚……"

不，我并不知道，就连威廉·古斯特洛夫的出生日，我也是从互联网上才知道的。我好不容易只找到了他出生的年份，除此以外还有一些事实数据和人们的推测，新闻记者称这些东西为背景材料。

亚历山大·马林涅斯科生于一九一三年，是在黑海之滨的港口城市敖德萨，这里曾经辉煌一时，故事片《波特金号巡洋舰》以黑白画面展示了当年的情景。他的母亲来自乌克兰。父亲是罗马尼亚人，他在证件上签的名字是马林内斯库，后来因为参加哗变被判处死刑，在最后一刻侥幸逃生。

他的儿子亚历山大是在港口区长大的。敖德萨是俄罗斯人、乌克兰人、罗马尼亚人、希腊人、保加利亚人、土耳其人、亚美尼亚人、吉普赛人、犹太人混居的地方，所以他说的是多种语言的大杂烩，肯定只有他的那些年轻人的团伙才能听懂。无论他后来多么努力地学说俄语，也绝对不可能完全纯净他的乌克兰语，里面总是夹杂着意第绪语词汇和从他父亲那里学来的罗马尼亚语的骂人话。他在一条商船上当水手的时候，别人总是拿他的这种很难听懂的话开玩笑。但是，在后来的那几年里，尽管这个潜艇艇长的命令听起来可能很滑稽，却不会再有多少人以此取笑。

倒退几年：据说，七岁的亚历山大从远洋轮船码头亲眼看见白军和英法联军的残兵败将匆匆逃离敖德萨。不久，他又经历了红军开入敖德萨。进行了多次清洗行动。然后，这场内战终于差不多算是结束了。几年以后，当外国轮船重新获许入港停泊的时候，听说这个小伙子还潜水去摸那些衣着华丽的游客扔到海里的钱币，而且耐力持久，动作灵巧。

三驾马车还不完整。尚缺一个。他的行动所引起的，就像是旋涡效果，再也无法制止。无论他愿意还是不愿意，他把来自什未林的这个人变成了纳粹运动的烈士，也让来自敖德萨的小伙子成为波罗的海红旗舰队的英雄，因此，他确定无疑是要永远坐在被告席上的。我已经变得有些贪婪，在总是同一个名称的网页上看到这种相似的指控："是一个犹太人开的枪……"

我后来才知道，帝国演说家、党员同志沃尔夫冈·迪威尔格一九三六年在慕尼黑弗兰茨·艾尔出版社出版的那本论战檄文，并没有加上如此明确的标题。按照精神错乱的推理逻辑，什未林战友同盟善于预告，远远超过迪威尔格假设知道的东西："假如没有这个犹太人，在扫过雷的航道上，在施托尔普明德，就绝不会发生有史以来最大的海难。这个犹太人有……这个犹太人是有罪的……"

在聊天室里，从这些一会儿是德文、一会儿是英文的废话里，也可以读到一些确凿的事实。有一个聊客知道，迪威尔格在战争开始后不久就当了但泽帝国广播电台的台长,另一个聊客了解他在战后所做的事情:据说,他伙同其他纳粹头面人物以及后来当上自由民主党联邦议员的阿亨巴赫,分化瓦解了北威州的自由党人。第三个聊客补充说,这个当年纳粹党的宣传专家,在七十年代经营了一家不声不响地以捐款来洗钱的机构,自由民主党得了不少好处,就在莱茵河畔的诺伊维德。最后,在挤得快要爆了的聊天室里,明确肯定的答案对许多想要了解达沃斯凶手的提问打上了句号。

大卫·法兰克福特比马林涅斯科大四岁,比古斯特洛夫小十四岁,一九〇九年出生在西斯拉夫的城市达鲁瓦尔,父亲是犹太教经师。他们家里说希伯来语和德语,在学校,大卫学的是塞尔维亚语,在日常生活中,他也感受到人们对犹太人的仇恨。这里只是一种推测:因为他的体格不可能允许他采取任何粗鲁的反抗,而他又非常厌恶机敏地去适应外界环境,所以他试图应付自如的努力都是徒劳的。

大卫·法兰克福特与威廉·古斯特洛夫有一点是相似的:古斯特洛夫患有肺病,大卫则自童年起就颇受慢性骨髓化脓之苦。前者在达沃斯很快就治好了肺病,后来又作为健康的党员同志积极工作,而对病魔缠身的大卫,任何医生都无能为力,他做了五次手术,都没有效果,被判定为是一个毫无希望的病例。

也许正是因为自己有病,他才选择学医。按照家里的建议,进了德国的大学,因为他的父亲和父亲的父亲都是在那里上的大学。据说,由于不停地生病,严重地影响了集中注意力的能力,所以物理考试不及格,后来也没有能够通过其他的考试。在互联网上,党员同志迪威尔格说的,与同样被人援引的作家路德维希说的,完全相反,迪威尔格总是把路德维希称作"埃米尔·路德维希-科恩":犹太人法兰克福特不仅仅是一个体弱多病的大学生,而且是一个靠当犹太教经师的父亲养活,好吃懒做,吊儿郎当的大学生,另外,他还讲究穿衣打扮,抽起烟来一根接着一根,整个就是废物。

接下来就是夺取政权的那一年,那个受到三重诅咒的日子,不久以前在互联网上被大大地庆祝了一番。烟瘾很大的大卫,在美因河畔的法兰克福,亲身经历了涉及他和其他大学生的事情。他看见,犹太作家的书被焚烧。他在实验室里的位子突然被画上了一个六角星。仇恨渐渐逼近了他的肉体。他和其他一些大学生受到那些扯着嗓子高喊把自己归入雅利安人种的大学生的辱骂。他无法适应这一切。他实在忍受不下去。因此,他就逃到了瑞士,在伯尔尼这个想象中是安全的地方继续学业,结果又是几次考试都没有通过。尽管如此,他写给父母亲的信还是轻松愉快的,都是好的一面,把给他支付生活费用的父亲完全糊弄住了。第二年,在他的母亲去世之后,他中断了学业。也许是为了向亲戚们寻求支持,他还冒险回了一趟德国,在柏林,他亲眼看见却不敢还手,一个年轻人一边高喊着"犹太人,滚滚滚!",一边扯着他叔叔的红胡子。他叔叔和他父亲一样也是犹太教经师。

在埃米尔·路德维希那部被认为是长篇小说的作品《达沃斯的谋杀》里,也有相似的描写,该书是这位有成就的作家一九三六年交给阿姆斯特丹的科瑞多出版社出版的,这是一家出版流亡作家作品的出版社。什未林战友同盟在他们的网页上知道得并不翔实,就把党员同志迪威尔格搬出来说话,因为他当年在报道里引用了柏林警方传讯做证的犹太教经师所罗门·法兰克福特博士的话:"一个未成年的男孩扯我的胡子,还一边高喊'犹太人,滚滚滚!',完全不是事实,另外,我的胡子是黑色的,不是红色的。"

我不可能去证实,在这次所谓的侮辱行为发生了两年之后,警方安排的传讯是不是在胁迫下进行的。总之,大卫·法兰克福特又返回了伯尔尼,由于多种原因感到前途无望。一方面,又开始了仍然是毫无进步的学习,另一方面,他为母亲的过世感到很痛苦,而且他一直忍受着身体上的疼痛。另外,柏林的短暂之行也越来越让他心情沉重,很快,他在国内外的报纸上都可以看到有关奥拉宁堡、达豪以及其他地方集中营的报道。

在一九三五年底,他肯定产生过自杀的想法,而且不止想过一次。后来,在审讯期间,辩护律师提供的一份鉴定报告是这么写的:

"由于个人天性的精神原因,法兰克福特陷入了精神上无法控制的状况,他不得不让自己休息。他的忧郁情绪产生了自杀的想法。但是,存在于每个人内心世界的生存本能,把这颗子弹从自己身上引向了另外一个牺牲者!"

对此互联网上没有任何吹毛求疵的评论。我渐渐地产生了一种怀疑,在 www.blutzeuge.de 这个网址的背后,聚合着的不是一群作为什未林战友同盟的光头党,而是隐藏着一个单干独行的滑头精。有人也在像我这样东窜西窜地到处打听历史的香味标记和相似的分泌物。

会是一个吊儿郎当的大学生吗?我也曾经是这样的,当年我觉得日耳曼语言文学无聊透顶,而在奥托-苏尔研究所学习新闻写作,也过于偏重理论。

最初,当我离开什未林,从东柏林乘轻轨列车去西柏林的时候,我还相当勤奋,就像在告别时向母亲保证的那样,用功苦读书,很有进取心。十六岁半,在建柏林墙的前夕,我开始闻到自由的味道。我住在母亲学生时代的女友燕妮家,在罗泽内克附近的施马根多夫,母亲自称当年和她一起经历了许多荒唐的事情。我有一个单独的阁楼房间,有老虎窗。那的确是一段美好的时光。

燕妮阿姨的那套复斜屋顶式住房在卡尔斯巴德大街,里面就像是一个玩具娃娃陈列室。桌子上,支架上,玻璃罩下面,都是瓷器小人,绝大部分是穿着超短裙、踮着脚尖的芭蕾舞女演员,有几个还摆出高难度的姿势,所有的小人都是小小的头,伸长着脖子。燕妮阿姨年轻的时候曾经是芭蕾舞明星,名气相当大,在一次空袭时,她的双脚受伤致残,当年无数次的空袭差不多都把德国首都炸平了。她现在一瘸一拐地为我端来了下午茶和各种各样的饼干点心,但是双手的动作仍然是那么优雅。就像她屋里的那些易碎的玩具小人一样,她的头很小,脖子又干又瘦,脸上总是挂着一种似乎已经冻住了的微笑。她经常冷得瑟瑟发抖,要喝很多的热柠檬茶。

我愿意住在她的家里。她对我很好。要是她提起她的学生时代的女友，说"我可爱的图拉最近又让人通过秘密途径给我带来一封信……"的时候，我总是有几分钟试着对母亲这个顽固不化的坏东西产生一些好感，但是她总是一而再再而三地来烦我。她从什未林走私到卡尔斯巴德大街的那些秘密信件，写得密密麻麻，有很多地方画线以示特别强调的告诫，用母亲的话来说，这些告诫让我感到"倍受折磨"："他必须学习，学习，再学习！为此目的，仅仅是为此目的，我才把这个孩子送到西边去的，我就是要让他有所作为……"

　　她的原话一直萦绕在我的耳边："俺活着的目的就是为了，俺的儿子有朝一日愿意出来做证。"燕妮阿姨作为她的女友的传声筒来提醒我，声音温和，但却总是说到要点。我除了努力地学习，别无选择。

　　我当时和一批同龄的共和国难民一起进入了一所中学，必须在法制国家和民主这些事情上补补课。学了英语，又学法语，但是不再有俄语课。我渐渐懂得，资本主义是如何运转的，都是多亏了人为控制的失业。不算出类拔萃的学生，但是也取得了中学毕业证书，这是母亲对我的要求。

　　除此以外，我在各个方面，包括和姑娘们打交道，总是相当顺利，从来没有出现过手头拮据的问题。这是因为当我在母亲的祝福下投奔阶级敌人的时候，她还塞给了我一个西边的地址。她说："俺估摸着，这是你的亲爹。是俺的表兄弟。他在去当兵之前，把俺的肚子搞大了。至少他是这么认为的。等到了那边，给他写封信，告诉他你的情况……"

　　不应该进行比较。但是，在经济方面，我的情况很快就和大卫·法兰克福特在伯尔尼的时候差不多，当时，远方的父亲每个月给他往瑞士的账户上汇上一小笔钱。母亲的表兄，名字叫哈里·利贝璐，现在已经去了极乐世界，他是从前的埃尔森大街上那个木匠的儿子，五十年代末以后住在巴登-巴登，作为西南广播电台的文化编辑主持晚间节目:午夜的诗歌,此时只有黑森林的冷杉杉树才听他的节目。

因为我不愿意长期依靠母亲学生时代的女友养活,就写了一封措辞友好的信,在用一句套话"你的从未谋面的儿子"作为结束之后,工工整整、清清楚楚地写上了我的银行账号。显然是因为婚姻美满,他虽然没有回信,但是每个月都准时地掏出二百马克,远远高于最低赡养费,这在当时可是一大笔钱啊。燕妮阿姨一点儿都不知道这件事,她声称认识母亲的表兄哈里,不过只是点头之交,她那张娃娃脸上掠过的一丝红晕,要比她对我说的话,更加意味深长。

一九六七年初,我从卡尔斯巴德大街搬到了克劳伊茨贝格,不久中断了学业,开始在施普林格集团的《晨报》当实习生,寄钱也就到此为止。在这以后,我再也没有给我的这位付钱的父亲写过信,最多也就是寄一张圣诞卡,仅此而已。为什么要写呢?母亲在通过秘密渠道写给我的一封信里转弯抹角地向我暗示:"对他用不着说感谢的话。他晓得,为什么不得不掏腰包……"

她当时不能公开给我写信,因为她在一家国营大企业里领导着一个木工车间,按照国家计划生产卧室家具。作为党员,她不允许有西方的通信关系,尤其是不能和她的逃离共和国的儿子联系,更何况他在资本主义的政论报刊上发表一些先是短小的文章,后来是长篇大论,攻击用高墙和铁丝网围起来的社会主义,这给她带来了很多麻烦。

我推测,母亲的表兄不愿意再付钱,是因为我不好好上大学,而去为施普林格集团的颇有煽动性的报刊写文章。不管怎么样,按照他的那种狗屁自由派逻辑,他也有一定的道理。在鲁迪·杜茨克遇刺之后不久,我就离开了施普林格集团。从此一直相当左倾。因为当时发生了许多事,我为一批可以说是进步的报刊写文章,所以我的稿费收入完全可以维持生活,即使并没有比最低赡养费多出三倍。这位利贝瑙先生反正从来就不是我的父亲。母亲只不过是把他推到前台罢了。听母亲讲,这位晚间节目编辑在七十年代末死于心脏病,当时我还没有结婚。他大约和母亲的年龄差不多,刚过五十岁。

我还从母亲那里得知了几个男人的名字，她说，这几个也有可能会是我的生父。有一个下落不明的，名字叫约阿希姆或者约亨，还有一个年龄比较大的，叫瓦尔特，据说是他毒死了那条叫哈拉斯的名犬。

　　不，我从来没有真正的父亲，只有一些可以被替换的幻象。这三位现在对我很重要的主人公，运气都比我好。一九四五年一月三十日上午，当母亲作为七千多人中的一个，和她的父母一起，从哥滕港的奥克斯霍夫特码头上船逃难的时候，她自己也不清楚究竟是谁让她怀了孕。以他的名字命名这条船的那个人，有一个当商人的父亲，名叫赫尔曼·古斯特洛夫。那个成功地击沉了这条超载轮船的人，当年在敖德萨经常挨父亲马林涅斯科的揍，因为他小的时候参加了一个据说叫"匪徒"的偷窃团伙，挨揍也是一种可以亲身感受到的父爱。从伯尔尼去达沃斯、使得那条船能够以一个烈士的名字命名的大卫·法兰克福特，甚至有一个真正的犹太教经师做父亲。但是，我这个没有父亲的人，最终自己却当了父亲。

　　他当年抽的是什么烟？是那种人人皆知的圆圆的朱诺牌吗？还是淡味的东方牌？也可能，为了赶时髦，还用了金烟嘴？除了一张后来登在报纸上的之外，他没有留下任何抽烟的照片，那是在六十年代末，他当时即将结束公务员生涯，终于获准在瑞士短暂停留，照片上的他是一个叼着"格里姆斯登格"牌香烟的老人。不管怎样，他和我一样，总是一刻不停地吧嗒吧嗒地抽，因此是坐在瑞士联邦火车的一节吸烟车厢里。

　　两人都是乘火车旅行。大卫·法兰克福特在从伯尔尼去达沃斯的半路上，这时候，威廉·古斯特洛夫正在为党组织出差。在这次外出中，他走访了许多国社党的国外地方支部，新建立了一些希特勒青年团和德国少女联盟（简称BDM）的基地。他的旅行正好在一月底，所以，为了纪念夺取政权三周年，他在伯尔尼、苏黎世、格拉鲁斯、楚克等地，向当地的德国侨民和奥地利侨民发表了激动人心的演讲。

在前一年，由于社会民主党议员的强烈要求，他已经被他的雇主——气象台解聘，这样他就可以自由支配时间。由于鼓动性的活动，瑞士内部总有一些抗议的声音，左翼报纸称他是"达沃斯的独裁者"，国民院议员布林格尔夫要求将他驱逐出境，但是在格劳宾登州甚至整个联邦，他都得到了足够多的政治家和官员的不仅仅限于经济方面的支持。达沃斯疗养管理局定期将来此疗养的客人名单转给他，对于其中的德国人，在疗养期间，不仅仅是被邀请，而是被要求，参加党组织的活动。凡是没有请假的缺席，均记下姓名，报给德国的有关主管部门。

就在这个烟瘾很大的大学生从伯尔尼买了一张单程车票，而不是来回票，乘上了火车，而那个后来的烈士在为他的党四处活动的时候，海军二级下士亚历山大·马林涅斯科已经从商船队转到了黑海红旗舰队，在训练分队参加了一个导航培训班，并且被培养成为潜艇驾驶员。他是苏联共产主义青年团的团员，同时也被证实在不值勤的时候是个酒鬼，这一缺点，他通过努力工作有所弥补，另外，在船上，他从来没有喝过酒。不久，马林涅斯科被任命为Sch-306-Pische潜艇的航海长。这艘不久前刚刚投入使用的潜艇，战争爆发之后不久，就在一次航行中触雷沉没，全体官兵阵亡，这时，马林涅斯科已经被调到另外一艘潜艇任职。

从伯尔尼出发，经苏黎世，又绕过几个湖泊。党员同志迪威尔格在他的文章中描述了这个医学院学生的旅行路线，没有因描述秀丽风景而多费笔墨。这个已经在校十三个学期的烟鬼，显然也很少关注扑面而来的、使视野变得狭窄的山川景致，充其量只是一些房屋、树木、山峦、积雪和穿过隧道时的明暗交替。

大卫·法兰克福特旅行的日期是一九三六年一月三十一日。他一边看报纸一边抽烟。在"新闻短讯"栏目里可以读到有关瑞士党部主席古斯特洛夫活动的消息。这些日报，其中有《新苏黎世报》和《巴塞尔民族报》，显示了当时的日期，报道了正在发生的事情或者预告了将要发生的事情。这一年应该作为柏林奥运年载入史册，年初,意大利法西斯尚未完全征服远方的阿比西尼亚王国,在西班牙就显露出战争的危险征兆。在德国,国家高速公路的建设突飞猛进,在朗富尔,母亲刚刚八岁半。两年前的夏天,她的弟弟康拉德,这个又聋又哑的头发鬈曲的男孩,在波罗的海游泳时溺水而亡。她很喜欢这个弟弟,所以,在他死了四十六年之后,我的儿子不得不以康拉德这个名字接受洗礼,但是大家一般都叫他康尼,他的女朋友罗希在信里不写 Konny 而写 Conny。

根据迪威尔格的文章,瑞士党部主席在二月三日结束了在各州的富有成效的旅行,非常疲惫地回到家。法兰克福特知道他将于三日回到达沃斯。除了几份日报之外,他还定期看由古斯特洛夫主编的党报《德国侨民》,上面公布了一些约定的日期。一切有关他的袭击目标的事,大卫差不多都了如指掌。他贪婪地汲取关于此人的所有信息。他也知道,一年以前,古斯特洛夫夫妇用他们的积蓄,让人在什未林盖了一栋缸砖的房子,这是为计划中的重返德国预先作准备吗? 还是两人衷心地希望得到一个儿子?

当医学院学生来到达沃斯的时候,刚下过雪。太阳照在雪上,疗养地就跟明信片上一模一样。他出门旅行没有带行李,却有着非常明确的目的。他从《巴塞尔民族报》上撕下了一张古斯特洛夫穿制服的照片:这是个身材高大的男人,目光坚定,面露倦容,脱发使得他的额头显得很高。

法兰克福特住在"雄狮旅店"。他不得不一直等到二月四日,星期二。每周的这一天,犹太人称作"Ki Tow",被认为是幸运的日子,这是我在互联网上查找到的信息。在那个现在已经熟悉的主页上,在这一天纪念那位烈士。

阳光下,站在结了冰的雪上抽烟,每走一步都发出刺啦刺啦的声音。星期一游览了市容。在疗养林荫道来回地走。坐在观众中间,不引人注意地看了一场冰球比赛。与来疗养的人随意交谈。嘴里呼出一团团白色的热气。没有引起任何怀疑。不多说一句话。不急不慌。一切都准备就绪。他用一把毫不费事就买到的左轮手枪,在伯尔尼附近的奥斯特明丁根射击场练习过,这都是经过许可的。尽管他体弱多病,他的手被证明是很稳的。

星期二,当地的一块能抗风雨的指路牌对他帮助很大,上面写着"威廉·古斯特洛夫,国社党",疗养公园街从疗养林荫道岔出去,一直通到门牌是三号的那栋房子。这是一座平顶的楼房,外墙被涂成了浅蓝色,屋檐上挂着冰凌。在傍晚的昏暗光线下,立着几盏街灯。没有下雪。

外部的景观就是如此。其他的细节无足轻重。关于事情的经过,后来只能由凶手和死者的遗孀来陈述。房间里面的陈设,我是在一张照片上看见的,它是为刊登在那个提到过的主页上的一篇文章作插图的。照片显然是在事后拍摄的,因为在桌子和五斗橱上摆放着的三束鲜花,尤其是一盆盛开的盆花,为房间增添了祭奠的氛围。

在门铃响了之后,是黑德维希·古斯特洛夫开的门。她后来是这样陈述的:是一个小伙子,他面目和善,请求要和瑞士党部主席谈话。这时候,古斯特洛夫正在门厅里和图恩党部的党员同志哈伯曼博士通电话。在从他身边经过的时候,法兰克福特声称,他凑巧听见了"犹太猪"这个词,而古斯特洛夫太太后来予以否认:她丈夫从来不知道这个词汇组合,尽管他认为解决犹太人的问题是刻不容缓的。

她把客人领进丈夫的办公室,请他就座等候。没有任何疑心。经常会有一些事先没有约定的请愿者来访,其中有一些是陷入困境的同志。

医学院学生坐在扶手椅上,穿着大衣,帽子放在膝盖上,他看见写字台上摆着一个木壳座钟,上方挂着冲锋队的荣誉短剑。在短剑的上面和两边,分散随意地挂着几张元首兼帝国总理的黑白和彩色照片,作为室内装饰。没有发现有两年前被谋杀的恩师格奥尔格·施特拉瑟的照片。旁边有一个帆船模型,可能是"格尔希·福克号"。

等候的客人没有抽烟,他还看见在写字台旁边的一个五斗橱上放着收音机，边上是元首的半身胸像，不是铸铜的，就是石膏的，但是上面的涂色更像是铸铜的。写字台上那些被拍进照片的插花，在事发之前，可能就是插在花瓶里的，这是古斯特洛夫太太为欢迎丈夫风尘仆仆旅行归来细心布置的，也是作为迟到的生日问候。

写字台上有一些小零碎和随意摆放在那里的文件：也许是各州地方党部送来的报告，肯定有和德国有关部门的通信，可能还有几封最近经常是通过邮局寄来的恐吓信，但是，古斯特洛夫谢绝了警方的保护。

他走进了办公室，太太没有跟着进来。好多年来，他已经远离肺结核，很健康，他腰板挺直，穿着便装朝客人走去。客人没有从扶手椅上站起来，而是从大衣口袋里掏出左轮手枪，坐着就开始射击。瞄准射出的子弹在瑞士党部主席的胸部、脖子、头部穿出了四个枪眼。中弹者在镶在镜框里的元首照片前栽倒在地，一声都没有吭。古斯特洛夫太太冲进办公室，首先看见的是还冲着射击方向的左轮手枪，然后才看见倒在地上的丈夫，她俯下身，看见所有的伤口都在往外流血。

大卫·法兰克福特，没有回程车票的旅行者，戴上帽子，离开了这次蓄谋已久的行动的现场，没有受到住在这栋房子里的其他被惊动的住户的阻拦，他在雪地里迷失了方向，摔倒了好几次，脑子里记着报警电话号码，在一个公共电话亭供认自己是凶手，最后终于找到了最近的一个派出所，向州警察局投案自首。

下面的这句话，他先是在值班警察作口供记录时说的，后来又在法庭一字不落地重复了一遍："我开了枪，就因为我是犹太人。我对自己的行动完全是清楚的，对此我一点也不后悔。"

此后有许多印刷出版的东西。沃尔夫冈·迪威尔格称之为"卑鄙的谋杀"，而在小说家埃米尔·路德维希的笔下则成为"大卫对歌利亚的搏斗"。这种完全相反的评价，一直持续到数字化联网的今天。所有后来发生的事情，包括整个审判在内，很快就把凶手和死者甩在了后面，而具有更加重要的意义。《圣经》里的英雄想要以理由简单的行动来呼吁他的痛苦的民族进行反抗,与他相对的是国家社会主义运动的烈士。两个人都应该作为伟人被载入史册。然而,凶手很快就被遗忘了,就连母亲也从来没有听过这次谋杀和凶手的名字,在她还是孩子,被叫作图拉的时候,她只听说过一条轮船的童话般的故事,这条船是白色的,闪闪发光,满载着欢乐的人们,为一个被称为"力量来自欢乐"的协会做长途和短途的海上旅行。

第 二 章

当我还是一个依靠资助的吊儿郎当的大学生的时候,曾经在柏林工大听过赫雷勒教授的课。他的声音像鸟一样,尖厉而急促,但是他让所有的学生着迷,阶梯教室总是满满的。讲到克莱斯特、格拉贝、毕希纳,全都是流亡的天才。他开的课里有一门课是"在古典主义和现代派之间"。我在年轻的文学家和更年轻的书店女店员中间卖弄自己,在"魏茨地下酒家",那里经常朗读一些尚未完成的作品。我还在卡梅尔大街参加过一个美国式的短训班——创意写作。足足有一打颇有希望的作家,其中确实有几个天才。而我则天分不足,这是一位老师说的,他让我们这些初学者用类似"电话心灵咨询"的题目来向"叙事性文学的构思"进行挑战。我充其量也就是写写廉价而低级趣味的小说罢了。但是,他把我从沉沦中救了出来:我这个一事无成的人的出生经历,是一个难得的事例,具有示范意义,因此也有叙述的价值。

当年的天才,有几个已经去世。有两三个出了名。我从前的老师显然是写不出东西来了,否则他也不会雇我来当枪手。但是,我不愿意继续像螃蟹似的行走。停了下来,我对他说,这笔花费不值得。只不过是两个胡思乱想的人,这一个和那一个都差不多。绝不可能,他自我牺牲,为的是给他的民族作出一个进行反抗的榜样。谋杀事件之后,犹太人的境遇并没有丝毫好转。恰恰相反!恐怖就是法律。两年半以后,当犹太人赫尔舍·格林斯潘在巴黎开枪打死了德国外交官恩斯特·封·拉特,帝国水晶玻璃之夜就是回答。我问自己,多一个烈士对纳粹党到底有多少好处?也就是一条轮船以他的名字来命名罢了。

我现在又开始继续寻找。绝不是因为那个老家伙盯在脑后，更主要的是因为母亲从来就没有放弃过。还是在什未林的时候，在一次落成庆典上，我扎着红领巾，穿着蓝衬衫，手舞足蹈，她对我唠唠叨叨地说："海水多冷啊。所有的小孩子通通脑袋瓜朝下。必须写出来。你作为侥幸活下来的人，对俺们是有责任的。总有一天俺要讲给你听，小东西，你要写下来……"

但是，我不愿意。没有人愿意听这些事，西边这里的人不愿听，东边的更不愿听。"古斯特洛夫号"和它的倒霉的故事，几十年来一直是禁区，而且在两个德国都是如此。尽管如此，母亲从来没有停止过通过信使转交的信件来烦我。当我放弃学业，开始为施普林格集团写一些相当右倾的文章的时候，我收到她的信是这么写的："这是一个复仇主义者。他是为了我们这些被驱赶出家园的人。他肯定还会发表续集，接连数周……"

后来，当《柏林日报》和其他左派疯狂的行为让我心烦意乱的时候，燕妮阿姨邀请我在玫瑰角广场附近的哈伯饭店吃芦笋和新鲜土豆，并且把母亲的告诫给我作为餐后甜点："我的好朋友图拉对你始终抱着很大的希望。她让我告诉你，你这个做儿子的，有义务向全世界报道……"

然而我继续保持沉默，不强迫自己去做什么事。在这些年里，我作为自由撰稿人为几家自然杂志提供比较长的文章，写了一些关于施用有机肥料的蔬菜栽培和德国森林里的环境污染，以及有关"绝不再出现奥斯维辛"这一主题的忏悔性的文字，而没有去写有关我自己出生的情况，这样一直持续到一九九六年一月底，当时我最先是看到了极右组织"冲锋阵线"的主页，很快又看见了一些有关"古斯特洛夫号"的东西，然后就在 www.blutzeuge.de 这个网页上和什未林战友同盟打上了交道。

先是做了一些笔记。没有料到，简直是令人震惊。我想知道，这个在达沃斯挨了四枪的地方大员，怎么能够在最近吸引了这么多的网上浏览者。主页做得很巧妙。拼贴了几张有什未林地方特色的照片,中间插入一些问句:"你们想要更多地了解我们的烈士吗? 要不要我们把他的故事一段一段地呈现给你们?"

绝不可能是我们! 也绝不可能是战友同盟! 我愿意打赌,这绝对是一个人在互联网上游泳。是一个精明脑瓜,作为温床,在为这棵正在长出来的屎褐色的幼苗供水施肥。这个傻帽放在网上的有关"力量来自欢乐"的东西,看上去倒挺漂亮,一点儿也不愚蠢。船上游客欢笑的度假照片。在吕根岛沙滩游泳的欢乐场面。

对于这些,母亲当然所知甚少。对她来说,"力量来自欢乐"永远只是三个字母缩写:KdF。① 十岁的时候,在朗富尔的电影院,她在"福克斯每周新闻"里看到过这些东西,而且看过"俺们的 KdF 船"的处女航。另外,她的爸爸和妈妈,在一九三九年的夏天还坐过"古斯特洛夫号",爸爸是工人和党员同志,妈妈是纳粹妇联会员。但泽当时还是自由共和国,来自但泽的一个小组获得给予德国侨民的特许一起去度假,可以说,这是最后的时刻。目的地是挪威的峡湾,八月中旬对于看附加节目"午夜的太阳"已经太迟了。

在我小的时候,只要是永恒的沉船又成为星期日的话题,母亲总是痴迷地用朗富尔方言向我叙说,她父亲当年是如何对挪威的民族服装演出队及其在 KdF 船的甲板上表演的民族舞蹈所倾心:"俺妈一提起那个到处都是镶嵌着漂亮瓷砖画的游泳池就没完没了,后来,那里被海军辅助女兵挤得满满当当,直到不偏不斜地被那个俄国佬的第二颗鱼雷击中,所有年轻的姑娘都被压成了肉饼……"

"古斯特洛夫号"还没有开始建造,更不用说下水了。我必须向回倒退,因为,在发生枪击死亡事件之后,格劳宾登州的法官、检察官和辩护律师立刻就开始准备对大卫·法兰克福特进行起诉。整个审判都要在库尔进行。因为凶手供认不讳,所以可以预料将是一次短暂的审判。在什未林,人们开始组织纪念活动,而且是从最上面安排

---

① KdF,德文 Kraft durch Freude(力量来自欢乐)的缩写。

下来的，在遗体被送回来以后，这些活动应该在国民中留下深刻的记忆。

这一切都是由目标明确的枪击事件所引起的：冲锋队列队行进，夹道致敬，抬着花圈，高举旗帜，军人手持火炬。在低沉的鼓声中，国防军迈着葬礼的步伐，什未林的市民们站立在路边，身穿葬礼服装一动不动或仅仅出于好奇地挤来挤去。

威廉·古斯特洛夫这个在梅克伦堡毫无名气的党员同志，在此之前只不过是国社党在国外的许多外国党部主席中的一个，然而死去之后却被吹成了一个似乎让一些论坛演说家都手足无措的人物，在寻找可以比较的伟人的时候，他们总是只能联想到那位超级烈士，他让一首歌出了名，在正式场合，当年这种活动是很多的，总是在德国国歌之后就要演唱这首歌："高举旗帜……"

在达沃斯，纪念活动是在小范围内举行的。疗养区的新教教堂，实际上就是一个小教堂，决定了纪念活动的规模。圣坛铺上了纳粹卐字旗，前面放着棺材，上面整齐地摆着死者的荣誉短剑、臂章和冲锋队军帽。从各州来了大约两百名党员同志。一些瑞士的市民也在小教堂前面和小教堂里面表达他们的哀思。四周群山环抱。

在世界闻名的肺病疗养胜地举行的简单的悼念仪式，由德国国家广播电台剪辑播放，德国的所有电台也同时转播。播音员要求听众屏住呼吸。在所有评论和后来在其他地方发表的演讲中，都没有提到大卫·法兰克福特的名字。从此以后，他就只被称作"犹太刺客"。对立方试图将这个体弱多病的医学院学生封为英雄，根据他的塞尔维亚血统，把他作为"南斯拉夫的威廉·退尔"，捧上纪念碑，这种企图被瑞士爱国者们用气愤的标准德语予以拒绝，但是却增强了关于行刺青年背后有幕后策划者的猜测。很快就把犹太人的组织称为是幕后操纵者，说"卑鄙的谋杀"的委托人是有组织的世界犹太教会。

在此期间，运送棺材的专列已经在达沃斯生火待发。离站的时候,教堂的钟声齐鸣。从星期日上午一直到星期一晚上,列车飞驰,到了辛根才第一次进站停靠,这时已经进入了德国领土,然后又在斯图加特、维尔茨堡、埃尔福特、哈勒、马格德堡、维滕贝尔格等城市短暂停留,各地的党部负责人以及党内知名人士在站台上举行了仪式,向棺材里的尸体"致以"最后的敬意。

我在互联网上发现了"致以"这个在意思和发音上都很高雅的词。网页上,在输入的报道文字里,并不仅仅是按照当时传统的、从意大利法西斯分子那里偷偷学来的方式,举起右手致敬,而是聚集在站台上和在各种悼念集会上,"致以"最后的敬意。因此,在 www.blutzeuge.de 这个网页上,不仅仅是通过引述元首的讲话和描述在什未林的庆典大厅举行的悼念仪式,来纪念死者,而且是从最新的、被称作虚拟空间的地方,向死者"致以"德意志式的敬意。此外,对于什未林战友同盟来说,值得一提的是当地乐团演奏的贝多芬的《英雄交响曲》。

在世界各地传播的愚昧论调中,有一种批评的声音格外引人注目。有一位聊客更正了在《人民观察员》中引用的国防军部队对前线战士威廉·古斯特洛夫的颂词,他指出,这位备受尊敬的人由于肺病而没有参加过第一次世界大战,既没有机会在前线表现自己的勇敢无畏,也没有可能获得一级或者二级铁十字勋章。

似乎是一个吹毛求疵的家伙,他一个人就搅乱了虚拟空间的庄严气氛。除此之外,他还非常固执地认为,在梅克伦堡党部首脑希德布朗特的讲话中缺少重要的一点,也就是说,没有提到格奥尔格·施特拉瑟给予这位烈士的"国家布尔什维克式的影响"。这个从前的农业工人,从儿童时期起就仇恨贵族和地主,因此在元首夺取政权之后盼望对贵族的地产进行无情的重新分配,人们或许至少可以期望他能为被杀害的施特拉瑟捞回一点名誉,哪怕只是暗示一下也好。可以读到的就是这一类烦人的东西。都是一些自以为是的家伙,在聊天室里争来吵去。

回到那个网页,用照片组成的送葬队伍开始出发,看不见它的尽头。天气时好时坏，从庆典大厅，经过古腾堡大街、维斯马大街、托滕达姆、瓦尔大街，来到火葬场。棺材被安放在一个活动炮架上，在两边夹道礼送的人群之间，滚动了足足四公里，然后才在阵阵鼓声中被卸了下来，以便火化，在一位神职人员祈祷之后，被推进了火化炉。一声令下，正在消失的棺材两边，抖落下来两面旗帜。列队行进的队伍齐声高歌，送别牺牲的战友，举起右手致以最后的敬意。与此同时，国防军部队鸣放向前线战士表示敬意的礼炮，但是现已澄清，此人从来没有参加过战壕战，也没有经历过连珠炮火或者容格尔写的那种《钢铁的暴风雨》。他要是去了凡尔登，在一个炮弹坑里一命呜呼了该有多好！

我是在这个坐落在七个湖泊之间的城市长大的，所以我知道，后来在什末林湖南岸的什么地方，把骨灰砌进了墓碑基座的墙里。基座的上面立着一块高达四米的花岗岩，凿出来的碑文使墓碑格外醒目。它和其他老战士的墓碑，围绕着特地建造的纪念堂，组成了一个碑林。我不记得，是在战后最初那几年的什么时候，不仅仅是根据苏联占领当局的命令，把所有这些可能让这个城市的市民想起那位烈士的东西通通都拆掉的，但是母亲记得一清二楚。然而，这个在网上和我面对面的人，却要求重新在原来的地方建立一座纪念碑，他坚持不懈地把什末林称作"威廉·古斯特洛夫的城市"。

一切都过去了，烟消云散！谁还知道，当年的德意志劳动阵线的负责人叫什么？从前的那些全能的大人物，今天能够说出名字的，除了希特勒，只有戈培尔、戈林、赫斯。假如在一次电视问答游戏中问到希姆莱或者艾希曼，肯定只有一部分人回答正确，另一部分人则对历史满脸迷惘，一筹莫展，对于那位机灵的问答游戏大师，这倒是一个机会，对少付出几千马克报以微微一笑。

除了我的这位在网上跳来跳去的网主，今天谁还知道罗伯特·莱？正是他在夺取政权之后立刻解散了所有工会，没收了它们的钱财，以腾房命令占领了它们的房子，强迫所有会员，总数有好几百万，加入德意志劳动阵线。也是他，这个胖胖的圆脸、额头上有几绺鬈发的家伙，想出来的主意，先是命令所有的国家公务员，然后又让所有的教师和学生，最后让所有企业的工人，举起右手高呼"希特勒万岁"作为平日里见面的问候。他还想出了一个主意，组织工人和职员去度假，在"力量来自欢乐"的口号下，使他们有可能花很少的钱去巴伐利亚的阿尔卑斯山，去埃尔茨山，去波罗的海海滨，去北海海滩，特别是去做一些短途和长途的海上旅行。

这是一个精力充沛的人，所有这一切都在不间歇地、制止不住地进行，与此同时，其他的事情也在发生，集中营正在一批又一批地被塞满。一九三四年初，莱为他计划的 KdF 船队，包租了内燃机客轮"蒙特·奥利威亚号"和四千吨蒸汽轮船"德累斯顿号"。这两条船可以乘坐近三千名乘客。在第八次去看挪威峡湾美景的 KdF 海上度假旅行期间，在卡尔姆海峡，水下的一块岩石把"德累斯顿号"的船壁撕开了一条长达三十米的口子，船开始下沉。除了两位女乘客因心脏病发作死亡，所有的乘客都获救了，但是，KdF 的想法也随着这条船开始渗水。

这对罗伯特·莱毫无影响。一个星期之后，他又包租了四条客轮，拥有了一支很有发展潜力的船队，它有能力在下一年度里让十三万五千人次乘船度假，一般是五天的挪威之行，但是很快又增加了去颇受欢迎的度假胜地马德拉群岛的大西洋航线。欢乐来自力量，只需要付四十帝国马克，再加上十帝国马克的特种火车票，可以乘火车直达汉堡码头。

作为新闻记者，我在整理这些搜集来的材料时反复问自己一个问题：这个通过授权产生的国家和这个唯一剩下来的政党，怎么可能在如此短暂的时间内，成功地让这些在劳动阵线里组织起来的工人和职员，不仅仅保持沉默，而且参与行动，随后又在组织的公开场合集体欢呼？其中的一部分原因就是纳粹团体"力量来自欢乐"的功劳，许多幸存者在很长时间里仍然偷偷地如醉如痴地谈论起它，母亲甚至公开地说："啥事儿都跟从前不一样了。俺爹只是木工作坊的临时工,他连想都不敢想,竟然能够坐上 KdF 的大轮船,和俺娘有生以来头一回出门旅行……"

我必须承认,母亲说起许多事来,总是嗓门太高,说话的时机也不对。她总是不依不饶,固执己见。一九五三年三月的一天,我当时才八岁,扁桃腺发炎,出风疹或者麻疹,躺在床上,当斯大林逝世的消息公布之后,她在我们家的厨房里点了几根蜡烛,放声痛哭。我再也没有看见她这样哭过。几年以后,当乌布利希特不受欢迎的时候,据说,她把他的继任者称作"就是个修房顶的"。她公开自称是反法西斯主义者,却抱怨在一九五〇年左右捣毁了威廉·古斯特洛夫的纪念碑,咒骂这是"卑鄙下流的毁墓行为"。后来,当我们西部发生了恐怖事件之后,我在她从什未林发来的秘密信件中读到,她把"巴德尔-迈因霍夫"①当成是一个人,称他是反法西斯斗争的牺牲者。难以理解的是,她究竟支持谁,反对谁。母亲的女友燕妮每次听到她的这些废话,总是微笑着说:"图拉总是这样。她说的都是其他人不喜欢听的,而且多少有些夸张……"据说,在她们单位里,她在其他同志的面前自称是"斯大林的最后一个忠实信徒",她的下一句话准是把没有阶级差别的 KdF 社会,赞美成是每一个真正的共产党员的榜样。

一九三六年一月,汉堡的布罗姆-弗斯造船厂接到订单,为德意志劳动阵线及其下属组织"力量来自欢乐"建造一艘内燃机客轮,造价估计在两千五百万帝国马克,但是,没有人问过,从哪儿弄来这么多的钱?总登记吨位是两万五千四百八十四吨,长度为二百零八米,吃水深度为六至七米,这些数据都是事先确定的。最高时速应该达到十五点五节。船上除了四百一十七名船员之外,可以搭乘一千四

---

① 巴德尔-迈因霍夫,指联邦德国二十世纪七十年代的左倾恐怖分子,"红军派"创立者,安德里亚斯·巴德尔(1943—1977)和乌尔丽克·迈因霍夫(1934—1976)。

百六十三位乘客。这些都是造船方面通常的数据,然而,与其他客轮不同的是,对这条新船提出了一个任务,通过只有唯一一种乘客等级,暂时性地消除所有等级差别,按照罗伯特·莱的指示,这要为所有德国人努力追求的国民集体做出榜样。

原先计划,这条新船在下水的时候,以元首的名字来命名,但是,元首参加葬礼时坐在被人在瑞士谋杀的党员同志的遗孀旁边,于是他决定用纳粹运动的这位最新的烈士的名字来给这条计划下水的KdF客轮命名。在烈士安葬之后,在整个德国很快出现了以他的名字命名的广场、街道和学校。甚至有一家生产武器和其他军用器械的工厂——位于苏尔的西姆松工厂,在强行整顿之后被改换了厂名:"威廉·古斯特洛夫工厂"继续生产军火,从一九四二年起,在布痕瓦尔德集中营还开设了一个分厂。

我现在不想历数还有哪些是以他的名字命名的,至少还有纽伦堡的"古斯特洛夫大桥",在巴西的库里提巴,德国侨民居住区的"古斯特洛夫之家",我多次问自己,并且把这个问题放在了互联网上:"假如一九三六年八月四日在汉堡开始建造的这条轮船,在下水的时候,仍然是以元首的名字命名的,那会怎么样?"

很快就有了回答:"'阿道夫·希特勒号'绝不可能沉没,因为这是天意……"还有诸如此类的话。我渐渐地也同意了这种想法,要不然的话,我也不可能成为一次被世界遗忘了的海难的幸存者。要是平平常常地在弗伦茨堡上了岸,到了那里才被母亲生下来的话,我也就不是一个具有示范意义的事例,今天也就不会有咬文嚼字的机会。

"俺的小保尔,真是不寻常!"我很小的时候总是听见母亲说这句口头禅。每当她在邻居面前,甚至是在党支部开会的时候,用噜里噜苏的朗富尔方言唠叨我的与众不同,总是令人难堪:"从他出生起,俺就晓得,这小子会有出息的……"

这真可笑!我知道自己的能力。只不过是一个擅长抄近道、写短文,水平一般的记者。我从前曾经也喜欢想些大的计划,有一本一个字也没有写的书，名字叫《在施普林格与杜茨克之间》，可惜，至今都仍然只是计划而已。嘉碧偷偷地停止服用避孕药，显然是和我怀了孕，当她把我拖到婚姻登记处的时候，不用等到那个爱吵闹的小家伙出世和未来的女教师又重新回去上大学，我心里就已经一清二楚：从现在起，任何计划都泡汤了，你能够充分表现的地方，只剩下作为家庭主夫换换尿布吸吸尘。不要再自以为是，有什么了不起！谁要是到了三十五岁，头发开始脱落，再让别人支配着去管孩子，他也就没救了。爱情究竟是什么！也许等到七十岁之后，反正什么也不行了的时候，还会再有爱情。

嘉布里尔，人人都叫她嘉碧，长得虽然不漂亮，但是也很诱人。她具有吸引人的魅力，她最初以为可以把我从浑浑噩噩的生活中拉出来，迈开大步向前奔："你要大胆地去写一些重要的社会问题，比如扩充军备与和平运动。"我也写出了一些类似说教的东西，我写的关于穆特朗根、潘辛 II 式导弹和静坐封锁示威的报道，甚至在左翼阵营引起了重视。但是，我接着就又开始消沉了。不知在什么时候，她终于对我彻底失望了。

不仅仅是嘉碧，母亲也把我看成是一个典型的失败者。在我们的儿子出生之后，她给我们发电报，通知了她希望的名字："无论如何必须叫康拉德。"接着，她又给她的女友燕妮写了一封相当坦率的信："如此愚蠢！难道就是为此去西边的吗？让我如此失望！难道这就是他的全部建树吗？"

言之有理。比我整整小十岁的妻子，始终目标坚定，通过了所有的国家考试，当上了高级文理中学的教师，而且享受公务员待遇。我则仍然如故。这件费力气的乐趣持续了不到七年，我和嘉碧之间就结束了。她把克劳伊茨贝格的那套用炉子取暖的老式住房留给了我，还有弥漫在柏林上空的任何东西都驱散不了的污浊空气，自己带着小康拉德去了西德，她在莫尔恩有亲戚，很快就被录用当了老师。

这是一个临湖的美丽小镇，紧靠东德和西德的边界，一派田园风光。这个自然景色并不差的地方，高傲地自称为"劳恩堡公爵领地"。那里的一切都显得很古老。导游手册里提到，莫尔恩是"奥伊伦施皮格尔的故乡"。嘉碧是在那里度过的童年，所以她很快就有重归故里的感觉。

我则越来越消沉。几乎从不离开柏林。作为新闻通讯社的写手，勉强维持生活。另外还写了一些发表在《基督教星期日报》上的通讯报道，比如《什么是绿色周活动的绿色?》《克劳伊茨贝格的土耳其人》。其他还有什么呢？几次令人头疼的女人的事和几张乱停车的罚款单。嘉碧搬走一年之后，我们办理了离婚手续。

我见儿子康拉德，都只是去看望一下，也就是说，次数很少，也不定期。我觉得，这个孩子长得很快，戴着眼镜，据他母亲讲，他在学校各方面发展都很好，被认为很有天才，也非常敏感。后来，当柏林墙倒塌的时候，紧靠着莫尔恩的东德城市拉策堡附近的穆斯廷也开放了边界，据说，康尼立刻就催促我的前妻开车带他去什未林，大约一个小时的车程，去看望他的图拉奶奶。

他就是这么叫她的。我想，是按照她的愿望。不止去了一次，可惜啊，我今天要这么说。他们俩从一开始就很谈得来。只有十岁的康尼，说起话来已经相当成熟。我可以肯定，母亲把自己的那些不仅仅是发生在朗富尔的埃尔森大街上的故事全部倒腾给他听了。她什么都说，甚至包括她自己在战争的最后一年当有轨电车售票员时的几次艳遇。这个男孩就像一块海绵，把她说的话全部吸了进去。她当然也对他灌输了关于那条永恒的沉船的故事。从此以后，正像母亲所说的那样，她对康尼或者"小康拉德"寄以厚望。

在这段时间里，母亲经常去柏林。当时，她已经退休，很有兴趣开着她的那辆"特拉比"出门旅行。不过，母亲出门旅行主要还是为了去看她的女友燕妮，也顺便看看我。就是这样的重逢！无论是在燕妮阿姨的玩具娃娃小屋，还是在克劳伊茨贝格我的那套老式住房，她说的全是关于小康拉德和自己老年得福的事。自从对国营木工联合企业进行清算以后，她完全可以更多地去关心小康拉德，这样真好。她对企业清算也给予了协助，她也乐于协助，为的是让企业能够发展。她的建议受到重视。关于她的孙子，她有很多计划。

燕妮阿姨听到这些精力过剩的事，总是抱以冷淡的微笑。我也不得不耐着性子听她的唠叨："俺的小康拉德肯定会很有出息的，不像你这个窝囊废……"

"说得对，"我说，"我是没什么出息，而且也不会再有什么出息。可是，母亲，你瞧，我已经进步成了一个烟瘾很大的烟鬼，如果这也能称之为进步的话。"

我今天再补充一句：犹太人法兰克福特，他和我一样，也是用一根烟屁股点燃下一根烟的主。我现在必须写写他的事，因为他射出的子弹击中了目标，因为在汉堡开始建造的那艘轮船进展顺利，因为一个叫马林涅斯科的航海长在黑海的一艘适合近海水域作战的潜艇上服役，因为一九三六年十二月九日在瑞士格劳宾登州州立法院开始对谋杀德国人威廉·古斯特洛夫的那个出生在南斯拉夫的凶手进行审判。

在库尔，三名穿便衣的保安人员站在法官席和被告席前面，被告坐在两名警察之间。按照州警察局的命令，保安人员始终要面对听众及其国内外的记者，因为人们担心会有人行刺，无论是来自哪一方。

由于来自德国方面的人很多，不得不将审判的地点从州立法院移到格劳宾登地方参议会的会议大厅。

一位留着白花花的山羊胡子的老先生为被告辩护，他是律师欧根·库尔蒂。被害者的遗孀作为附带起诉人，由著名教授弗里德里希·格林代表，此人在战后不久以其权威著作《政治司法——我们这个时代的疾病》引起轰动，因此我对在互联网上见到由德裔加拿大籍的极右分子恩斯特·尊德尔发行的一种新版本，一点儿也不感到奇怪，据说，这部论战檄文现在已经脱销。

不过，我可以确信，这位什末林的网主肯定已经及时地弄到了一本,因为他的网页上充斥着格林对辩护律师库尔蒂噜苏冗长(这一点的确如此)的辩护词所给予的论战性的回答摘录。就好像是又重新进行了一次审判似的,只不过这一次是在一个虚拟世界的坐满了人的世界剧场里罢了。

后来,我的调查结果表明,这个单兵斗士巧妙地利用了《人民观察员》上的内容。比如说,下面这段更像是顺便提及的报道,就是从这份"德国国家社会主义运动的战斗报纸"上摘抄下来的:在审判的第二天,当黑德维希·古斯特洛夫身穿黑色丧服走进法庭的时候,在场的德国侨民、个别瑞士的同情者以及专程从德国来的记者,起立并致以希特勒式的问候,向她表示敬意。《人民观察员》不仅报道了这四天具有历史意义的审判过程,而且也出现在了互联网上。通过网络广为传播的那些从严厉的父亲写给他失去的儿子的信中援引的字句,同样也是从这份战斗报纸摘录下来的,因为,犹太教经师这封信中的文字"我不再期望从你那里会得到任何消息。你不写信。现在你也不用再写信了……"在法庭上被原告作为被告冷酷无情的证据加以引用。在审判暂停休息期间,这个烟鬼被允许一根接着一根地抽烟。

被告大卫·法兰克福特坐在或者站在两名州警察之间接受审判的这段时间里,潜艇指挥官马林涅斯科要么是在海上航行,要么就是在黑海的塞瓦斯托波尔港口休假,完全可以想象,他会放量狂饮,烂醉三天,在这期间,正在汉堡建造的新船也已经初具规模,铆钉锤日夜响个不停。被告供认不讳,使这次审判失去了紧张。他坐着认真听,站起来说道:我做了决定,买了枪,练习射击,乘车,等待,找到地方,进屋,坐下,连开了五枪。他坦率地陈述供认,稍有几次短暂停顿。他接受了宣判,但是在互联网上则说:"被告悲伤地哭了。"

在格劳宾登州没有死刑,所以格林教授非常遗憾地只能要求判处最高刑期:无期徒刑。宣布的判决结果是:十八年有期徒刑,刑满后驱逐出境,网上的所有言论都是极端偏袒那位烈士的,然后,我的这位网主同什末林战友同盟分道扬镳。还是他突然有了新伙伴?那个爱抱怨的、无事不晓的家伙，是要硬闯进来吗？他曾经用过聊天室。不管怎样，现在开始了一场争论不休的角色游戏。

这场越来越激烈的争论是以互称比较亲切的不加姓氏的名字进行的，一边是威廉，为被谋杀的瑞士党部主席定调子，一边是大卫，作为受到阻止的自杀者进入角色。

这场激烈的争论就好像是另外一个世界的事。但是它确实发生在现实生活中。凶手与受害者之间见面的时候，总是再三地讨论行刺及其动机。这一个人在反复地宣传，有点儿像是发布宣告：在进行审判的时候，德国比前一年减少了八十万名失业者，他还兴奋地宣称："所有这一切都应该归功于元首。"另一个人则不满地列举有多少犹太人医生和病人被赶出了医院和疗养院，纳粹政权从一九三三年四月一日起就呼吁抵制犹太人，因此犹太人商店的玻璃橱窗被写上了"犹大，去死吧！"他们就这样争来争去。威廉为了支持关于保持雅利安人种和德国血统纯洁性的论点，把元首的《我的奋斗》里的言论放在了网上，而大卫则以《沼泽战士》的片断作为回答，这是一个当年的集中营犯人在瑞士的一家流亡者开办的出版社出版的一本纪实报道。

这场争论进行得非常认真，谁也不肯让步。但是，突然之间，语气有所缓和。聊天室里，开始随意闲聊。威廉问："你说说，为什么要朝我连开五枪？"大卫答："抱歉，第一枪没有击中。只有四个枪眼。"威廉说："的确如此。这支左轮手枪是谁给你的呢？"大卫说："这支巴勒曼是我买的。只花了十个瑞士法郎。""真便宜，这种枪至少要付五十个瑞士法郎。""我明白，你是想说，这个玩意儿是别人送给我的，是吗？""我甚至可以肯定，你是受人委托去行刺的。""那当然！是按照世界犹太教会的命令。"

在以后的几天里，他们仍然是这样在互联网上进行对话。他们刚要战胜对方，就又开起了玩笑，像是朋友之间在闹着玩。在离开聊天室之前，这一个说："再见，你这个克隆的纳粹猪！"另一个说："再见啦，犹太佬！"要是有别的在网上冲浪的人企图从巴利阿里群岛或

31

者奥斯陆挤进他们的两人对话，他们立刻就会把他赶走："走开！"或者"请以后再来！"

这两个人显然都喜欢打乒乓球，因为他们都崇拜德国的头号乒乓球运动员于尔克·罗斯考普夫，大卫说，他甚至打败了一位中国的乒乓球高手。两人都声称，赞成公平竞争。两人都证明是行家，他们相互表扬对方的新认识："太棒了！格奥尔格·施特拉瑟的言论，你是从哪儿弄来的？"或者"大卫，我还真的不知道，希德布朗特是因为左倾被元首撤了职，然后又根据顺从的梅克伦堡人的愿望被重新任命为地区党部主席的。"

人们真可以把他们两人看成是朋友，他们一直在努力消除相互之间的仇恨，就像是在偿还一笔债务。威廉在聊天室提了一个问题："假如元首让我重新获得生命，你还会再次向我开枪吗？"大卫立刻回答："不会，下一次允许你向我开枪。"

我开始有些明白了。我放弃了以为是只有一个网主在巧妙地进行双人智力角色游戏的想法。我还真的上了两个喜欢开玩笑又非常当真的家伙的当。

后来，当所有与此事有牵连的人都表示毫无思想准备，感到非常震惊的时候，我对母亲说："我从一开始起就感到很奇怪。我问自己，为什么如今的年轻人会对这个古斯特洛夫和所有与他有关的东西如此痴迷？从一开始起，我也很清楚，在网上消磨时间的这些人，绝不是一些老家伙，也不是像你这样的老顽固……"

母亲什么也没有说。每当她遇到什么不如意的事的时候，她总是摆出一副与己无关的样子，也就是说，她朝上翻眼珠，直到动不了为止。对她来说，反正有一点是肯定的，这种事之所以会发生，是因为几十年来"不允许谈论'古斯特洛夫号'，在俺们东边，反正是不准提的。在你们西边，要是提起从前，总是只提其他坏事，像奥斯威辛，等等。我的上帝啊！当年，俺在党小组里有一次提到 KdF 轮船也有积极的一面，比如'古斯特洛夫号'上没有等级差别，他们发了多大的火啊……"

她立刻又搬出妈妈和爸爸去挪威旅行来说事:"俺妈一提起来就克制不住自己,所有的度假者在餐厅里都混在一起坐,有像俺爸这种普通工人,也有公务员,甚至还有党里的大干部。肯定就跟在俺们民主德国差不多,只是那里要更漂亮一些……"

那条没有等级差别的轮船当年的确是一桩轰动的事。可以想象,一九三七年五月五日,当这个高达八层的新船下水的时候,造船工人肯定像发疯似的欢呼。烟囱、桥楼和罗经台尚未完工。整个汉堡的人都出动了,成千上万。但是,来参加轮船命名仪式的只有一万人,全都是罗伯特·莱本人亲自邀请的劳动阵线的成员。

希特勒的专列在上午十点整抵达坝门火车站。然后乘坐梅赛德斯敞篷轿车,穿过汉堡的街道,一会儿伸直手臂敬礼,一会儿招手致意,周围的人都向他欢呼,这是不言而喻的。一艘小汽艇把他从码头栈桥载到造船厂。所有停泊在码头的轮船,包括外国的,都挂了旗。整个由包租的轮船组成的 KdF 船队,从"西拉·孔多巴号"到"圣路易号",都抛锚停泊在码头,桅顶上飘扬着旗帜。

我在这里不想一一列举,谁参加了列队游行,谁在欢呼致意时被踩了脚后跟。当希特勒登上主席台的时候,下面的造船工人欢呼雀跃。在四年前的最后一次自由选举时,他们中的绝大多数人都把选票投给了社民党或者共产党。现在只剩下这一个党,也是唯一的政党,确确实实就只有这个元首。

希特勒在主席台上见到了古斯特洛夫的遗孀,他在最早的奋斗时期就认识黑德维希·古斯特洛夫。一九二三年,在慕尼黑向统帅大厅的进军以流血失败而告终之前,她曾经是希特勒的秘书。后来,当希特勒被囚禁在朗茨贝格的时候,她去瑞士找工作,在那里认识了她的丈夫。

主席台上还有哪些人?造船厂厂长兼市政府议员布罗姆,企业基层党部书记保利。罗伯特·莱当然是站在希特勒的旁边,还有其他几位党的领导人。汉堡地区党部主席考夫曼、什未林-梅克伦堡地区党部主席希德布朗特估计也在场。海军的代表是海军上将雷德尔。国社党地方党部负责人伯默不辞辛苦,从达沃斯专程赶来。

有几个人讲了话。希特勒这一次没有讲话。在考夫曼之后,是布罗姆-弗斯造船厂厂长讲话:"我以造船厂的名义,向您,我们的元首,报告,度假游船,建造编号511,已经做好了一切下水准备!"

其他的一切都全部删去。但是,我也许应该从罗伯特·莱的讲话中择取几句精华。他用的新鲜而随意的称呼是:"德国民众!"他追溯并且赞扬了关心国民的"力量来自欢乐"的想法,最后提到了这个想法的倡导者:"元首当时给我下了命令:'您负责让德国工人能够度假,让他们去放松一下神经,因为我可能做也可能不做我想做的事,如果德国民众不能保持正常的神经,这就毫无意义了。重要的是,德国民众、德国工人必须足够强键,才能够理解我的想法。'"

烈士遗孀稍后开启命名仪式,宣布"我以威廉·古斯特洛夫的名字为你命名",此时,神经强健的民众发出的欢呼盖过了香槟酒瓶在船头撞破时发出的响声。新船缓缓离开船台,人们唱起了两首歌……我作为记者参加过或者在电视里看到过很多次轮船下水仪式,但是,对我这个"古斯特洛夫号"的幸存者,每一次在眼前出现的,都是这条在美丽晴朗的五月里接受命名、缓缓下水的轮船沉没的画面。

大约就是在大卫·法兰克福特已经在库尔的森霍夫监狱服刑,香槟酒瓶在汉堡撞成碎片这段时间,亚历山大·马林涅斯科正等待着被提升为潜艇艇长,要么是在列宁格勒,要么就是在喀琅施塔得。按照命令,他被从黑海调往波罗的海东部沿海地区。夏天,他被任命为一艘潜艇的艇长,在这期间,斯大林搞的清洗运动也没有放过波罗的海舰队的领导机构。

"M-96号"是一艘老式潜艇,适合于在近海水域航行和作战。我从搜集到的材料里得知,"M-96号"是一艘比较小的潜艇,长四十五米,排水量为二百五十吨,可载十八个人。马林涅斯科在这艘活动范围可以达到芬兰海湾、只有两个鱼雷发射管的潜艇上当了很长时间艇长。我设想,他在近海水域总是不断地练习水面进攻和快速下潜。

第 三 章

在对船舱内部——从最底下的 E 甲板一直到日光甲板、烟囱、桥楼、通讯设施——进行装修的这段时间,沿着波罗的海海岸正在进行下潜训练,而在库尔则要度过十一个月的刑期。此后,这艘船才可以驶离装修码头,沿着易北河顺流而下,驶入北海,开始试航。我现在可以稍稍暂停一会儿,等到把叙述的时间又接上了再继续。也许我应该在此期间大胆地和那个总是抱怨而又不能不理睬他的某人展开一场争论?

他要求有清晰的回忆。他想知道,我作为孩子从三岁时起所看到的母亲、闻到的母亲和触摸到的母亲。他说:"这些最初的印象对于以后的生活起着决定性的作用。"我说:"什么也回忆不起来了。我三岁的时候,母亲刚刚结束木匠学徒。我的眼前全是她从车间给我带回来的刨花和木块,有的长得卷了起来,堆成一堆一堆的,散落在地上。我就玩刨花和木块。不然玩什么呢?母亲身上全是骨胶的味道。不管她站在哪里,坐在哪里,躺在哪里,噢,上帝,她的床啊,到处都是这股味道。当时还没有托儿所,所以我先是被放在一个女邻居家里,后来进了一个幼儿园。这种情况不仅仅是在什未林,当时在这个工人和农民的国家,职业母亲都是这样。我记得那些对我们发号施令的胖女人和瘦女人,还有插着调羹的麦糁粥。"

类似这样的回忆碎片并没有让这个老家伙感到厌烦。他不弃不舍地追问:"在我那时候,十岁的图拉·波克里弗克长着一张由句号、逗号和破折号组成的脸。她后来长大成人,当了木匠学徒,从五十年代起,差不多二十三岁的时候,长得是什么样?她是不是涂脂抹粉？她是包头巾，还是像当了妈妈的人，戴那种像锅似的帽子？她的头发是直溜溜地披下来，还是烫成了长波浪？周末的时候，她顶着卷发筒到处乱跑吗？"

我不知道，我的回答是否能够让他满意。我对母亲年轻时的印象，既清晰又模糊。只知道她是白头发。她从一开始就是满头白发。不是银白色的，而是纯白的。要是有人问起，母亲总是说："是打俺生儿子起变白的，而且就是在把俺们救上来的那条鱼雷艇上……"谁要是准备多听几句，就会知道，在科尔贝格，当幸存的母子离开"雄狮号"鱼雷艇之后，她的头发就变成了雪白雪白的。当时她留着半长的头发。在她的头发还没有"按照最高指示"变白之前，她留着披肩发，差不多可以说是金色的，稍微有一点发红。

对于其他的问题，我向我的雇主——他仍然穷追不舍——保证，母亲只有很少几张五十年代的照片。有一张上面，她的白头发剪得短短的，只有火柴棍那么长。摸上去沙沙作响，有的时候，她会允许我摸一摸。如今还有一些老太太留着这种发型。头发突然变白的时候，她才刚满十七岁。"哎，不可能！母亲从来不染头发。她的同志们也从来没有见过她的头发是蓝黑色的或者金红色的。"

"还有什么？还能回忆起其他什么呢？比如跟男人的事？有哪几个男人？"指的当然是留宿过夜的男人。图拉·波克里弗克还未成年的时候就喜欢招惹男人。无论是在布勒森海滨浴场，还是在但泽—朗富尔—奥利瓦之间的有轨电车上当售票员的时候，总是有许多小伙子围着她转，也有几个成年男人，比如说，从前线回来休假的。"在她的头发变白了以后，她的这种招惹男人的习惯是不是有所改变？"

这个老家伙在想什么呢。他也许以为，仅仅因为突然的打击使头发变白，母亲就会像修女似的生活。男人，那时候有的是。但是时间都不长。有一个是泥瓦工领班，人很和蔼。他把自己凭票供应的东西都带来了，比如肝肠什么的。我当时已经十岁，他坐在雷姆街七号我们家后院的厨房里，把裤背带拉得啪啪作响。他叫约亨，一定要让我骑在他的膝盖上。母亲叫他"约亨二世",因为她小时候认识的一个中学生叫约阿希姆,大家都叫他约亨。"他并不想要俺干啥,甚至连摸都没有摸过……"

不知是在什么时候,母亲把约亨二世赶走了,我不知道是为什么。我十三岁的时候,母亲下班以后,有的时候是星期日,会来一个人民警察。准尉军衔,是个萨克森人,我记得是来自皮尔纳。他带来西德生产的牙膏,是高露洁的,还有其他没收来的东西。他也叫约亨,因此母亲说:"明儿来的是约亨三世。他来了,你要对他好一点儿……"约亨三世后来也被赶走了,因为,按照母亲的说法,他"拼命想和俺结婚"。

她不适合结婚。在我十五岁的时候,她对我说:"我有你也就够够的了。"当时我对什么都厌烦,不是厌烦学校——除了俄语,我的成绩都很好——而是厌烦青年团的那些破事,下乡帮助收割,特别活动周,永远都在唱建设歌,还有母亲也很烦。我再也无法继续听她唠唠叨叨,通常是在星期日,每当她把肉丸子和土豆泥端上桌,就会向我唠叨她的那些"古斯特洛夫号"的故事:"所有东西都滑了下来。那情形,忘都忘不掉。一直就没有停过。俺梦见的都是这些,到了末了,水面上只剩下了呼喊。这些夹在冰块之间的孩子们……"

有的时候,母亲在星期日吃完饭后,坐在厨房桌子边上喝上一杯咖啡,她只说一句"实际上真是一条漂亮的轮船",然后就默默无语,她的那张由句号、逗号和破折号组成的脸足以说明一切。

很可能的确如此。"威廉·古斯特洛夫号"终于装修完工,从船首到船尾漆成白色,开始它的处女航行时,据说是一次令人难忘的水上漂游经历。甚至是那些战后自称从一开始就是坚定的反法西斯主义者也这么说。据说,那些有机会上船的人,上岸的时候都是精神焕发,如醍醐灌顶。

在两天的试航过程中,都是狂风暴雨的天气,允许上船的都是布罗姆-弗斯造船厂的职工,还有汉堡消费合作社的一些女售货员。

当"古斯特洛夫号"在一九三八年三月二十四日开始为期三天的出海航行时,乘客中有大约一千名奥地利人,他们是由党挑选出来的,因为两周以后,奥地利的人民将要投票决定德国国防军通过顺利进入已经变成既定事实的事情:奥地利并入德国。船上有三百名来自汉堡的少女,全都是选拔出来的德意志女青年联盟的成员,还有上百名记者。

仅仅是出于好玩,也是为了试试自己,我现在试着想象一下我这个微不足道的记者,在航行之初,在船上的庆典暨电影大厅举行的记者会上,会有何种反应。正像母亲所说,嘉碧所知的那样,我根本就当不了主角,但是我也许会好奇地问问建造这艘新船的资金以及德意志劳动阵线的财产,因为我们记者都知道,罗伯特·莱这个夸夸其谈的家伙,完全是借助了从所有遭到禁止的工会组织没收来的财产,才能够有这么了不起的作为。

迟到的勇气考验。我了解自己,我也许会提出一个表述起来非常复杂的关于剩余资金的问题,这位对任何问题都不在乎的 KdF 旅行团大统领不假思索地回答说:德意志劳动阵线有的是钱,这是人所共知的。几天以后,在霍瓦尔德造船厂将有一艘内燃机巨轮下水,人们推测,它将以罗伯特·莱的名字命名。

接下来是这些应邀而来的记者上船参观。其他的问题全被咽了下去。我这个穿越时间的记者,在现实的职业生涯中从来没有揭露过任何丑闻,既没有在地下室里发现过尸体,也没有报道过捐款的肮脏交易和哪个部长接收贿赂,这时也和所有其他记者一样,闭住了嘴巴。我们仅仅是出于礼节,一层甲板一层甲板地参观。除了不准参观的专门为希特勒和罗伯特·莱预留的特别包舱之外,全船各舱没有任何等级差别,干净整洁。尽管所有细节我只是从照片上和保留下来的资料里见到过,但是我觉得自己在那里好像非常兴奋,同时也对自己的胆怯不胜愧汗。

我看了宽敞的日光甲板,这里没有令人讨厌的上层建筑,看了淋浴室和卫生设施。我一边看一边记录。之后我们走到下层的游步甲板,墙面刷了一层耐磨清漆,毫无瑕疵,几个社交活动室里都装了桃木的护壁镶板。我们还赞叹不已地参观了庆典大厅、民族服装厅、德国厅和音乐厅。所有的厅里,都挂着元首的像,他从我们的上方,目光炯炯,坚毅地注视着未来。在几个厅里,尺寸小一些的罗伯特·莱的像,引人注目。绝大多数装饰性的画还是出自名家之手的风景油画。我们问了当代艺术家们的姓名,并且作了记录。

在这期间,我应邀去喝了一杯刚刚开桶的扎啤,我学会了避免使用"酒吧"这两个颓废的字眼,后来按照古德语的选词规则,写了一篇文章,介绍 KdF 轮船上的"七个舒适惬意的酒台"。

接下来,我们听到了一连串的数字。比如:A 甲板的厨房装备了一台超现代化的洗盘机,每天可以将三万五千只盘子洗得光洁明亮。我们得知,每次出海航行都要装载三千四百吨饮用水,在唯一的那座烟囱内部有一个巨大的水箱,保证全船的供水。在参观 E 甲板的时候,我们看见在这一层有一个游泳厅,水池里可以盛六十吨水,汉堡的那些德意志女青年联盟的姑娘,就是带着她们的铺盖,搬到了这个所谓的"漂浮的青年旅馆"。其他的数据资料,我没有再记。我们中间的几个记者也很高兴,不用记住那幅五颜六色的玻璃马赛克镶嵌画使用了多少瓷砖和镶嵌饰件的具体数字,这幅画上全是生气勃勃的少女和幻想世界的海洋动物。

仅仅是因为我自从由母亲主宰一切的童年时起就知道,第二枚鱼雷将游泳池及其瓷砖和马赛克碎片变成了无数颗子弹,所以当我面对一群体态丰满的少女正在里面嬉戏的游泳池的时候,闯入脑海里的只有一个问题:这个游泳池在水线以下有多深。我觉得在上层甲板的二十二条救生艇也许根本不够。但是,我并没有追问,不想以此招来灾祸,更不可能预见到在七年之后的那个寒冷的战争之夜发生的事情,当时没有按照和平时期规定的那样,而是有将近一万五千人抛弃了日常的烦恼上了船,差不多有一万人预感到他们可能的结局,幸存的人数只能大概估计。确切地说,我,不管是作为《人民观察员》的记者,还是作为正派的《法兰克福报》的通讯员,都是在以最高的音量或者就事论事有所抑制的音量,为船上的那些漂亮的救生艇吹奏一曲赞歌,就好像它们是"力量来自欢乐"组织友情奉送的额外之物。

然而,没过多久,一条救生艇就不得不放入水里。很快又放了一条。这一切并不是在训练。

"古斯特洛夫号"在第二次航行时,这一次是去多佛海峡,遇到了一阵来自西北方向的风暴,当它全速顶着巨浪行驶的时候,接收到英国运输煤炭的蒸汽船"佩加威号"的呼救信号,该船的装卸舱口被海浪冲坏,舵也断裂了。吕伯船长立刻下令向出事地点航行,在下一次的 KdF 旅行——是以马德拉群岛为目的地——刚刚启程之后不久,他就因心脏病突然发作去世。两个小时之后,在茫茫夜色中用探照灯发现了已经搁浅的"佩加威号"。凌晨,尽管西北风暴有所加大,还是放下了二十二条救生艇中的一条,但是,由于一阵交叉的海浪将救生艇抛起来撞到了大船的船舷,因此救生艇严重受损,并且被水流冲走了。吕伯船长立刻下令放下了一条小摩托汽艇,在多次努力之后,终于成功地营救上来十九名船员,并且在风暴减弱之后将他们送到安全地带。最后,那条被冲走的划桨的救生艇也被控制住了,上面的人员也被营救了上来。

关于这次营救行动有许多报道。国内外的报纸都纷纷赞扬。但是,只有海因茨·舍恩工作做得最详细,而且保证了时间上的准确。他对当时杂乱的报道作了仔细的分析,就像我现在这样。他的经历也像我的经历一样是固定在那条沉船上的。差不多在战争结束的前一年,他作为军需助理来到"古斯特洛夫号"。其实,海因茨·舍恩在海军希特勒青年团里成功地获得提升之后,原本是想去海军作战舰队,但是由于他的视力不好,不得不在商船舰队屈就。他先后经历了这条船的 KdF 客轮时期、医务救护船时期、军训教练船时期,并且在最后作为难民运输船沉没时幸免于难,所以他在战后开始搜集和记录所有和"古斯特洛夫号"有关的东西,无论是在美好时光的,还是在恶劣时期的。他只关注这一个主题,换句话来说,只有这一个主题完全支配了他。

因此,我可以肯定:母亲从一开始就会喜欢海因茨·舍恩。他的那些在西德出版的书籍,在东德是不受欢迎的。读过他的书的人,都保持沉默。不管是西德还是东德,舍恩提供的情况都无人问津。即使是在五十年代末,由他出任顾问拍摄了一部电影《夜幕降临在哥滕港》,观众的反响也很一般。不久前电视里播放了一部文献资料片,但是情况也仍然如故,就好像什么都超越不了"泰坦尼克号",就好像从来就没有过"威廉·古斯特洛夫号",就好像世上没有任何其他海难的位置,就好像只能缅怀那些死难者,而不能悼念这些死难者。

我也是保持沉默,自我克制,不提自己,但是也感到置身于压力之下。同样是作为一个幸存者,要是我感到自己和海因茨·舍恩有些接近的话,那只是因为我可以从他的这种走火入魔中得到好处。他把所有的东西都一一列了出来:船舱的总数,旅行给养的数量,日光甲板有多少平方米,救生艇的总数和最终短缺的救生艇的数字,最后是死亡和幸存的人数,该书每次再版,这个数字都有所增加。他的搜集热情长期以来一直不为人知,但是现在海因茨·舍恩越来越经常地被人在互联网上加以引用,他比母亲大一岁,我可以把他想象成是我梦想中的父亲,这样可以减轻我自己的压力。

网上最近在热炒一部场面宏伟的伤感影片,是好莱坞新拍摄的"泰坦尼克号"海难,这部影片很快便以再现了有史以来最大的沉船灾难的招牌占领了市场。海因茨·舍恩实事求是引用的数字,驳斥了这种信口胡说。当然也引起了反响,从此以后,"古斯特洛夫号"也漂游在虚拟空间,掀起了许多虚拟的浪花,右翼场景始终在线,充斥着仇恨内容的网页。在那上面开始了对犹太人的追踪。极右分子在他们的网页上要求"为威廉·古斯特洛夫复仇!"就好像达沃斯的谋杀发生在昨天。最激烈的声音——煽风点火网页——来自美国和加拿大。互联网上，也增加了许多用德语宣泄仇恨的主页，网上出现了类似于"民族抵抗"和"土勒网"的地址。

www. blutzeuge. de 是最早在线的网页之一，尽管它并不是那么极端。它发现了一艘不仅因为沉没而且因为被人们遗忘而成为传奇的轮船，所以获得了数以千计的点击率和越来越多的用户。我的这位单兵斗士现在有了一个叫"大卫"的对手和也爱打乒乓球的伙伴，他以一种让人感到有些孩子气的自豪感，向通过网络联系在一起的世界宣告了"古斯特洛夫号"营救英国落水船员的事。他引用了英国媒体当年对德国营救行动的赞扬文字，就像是在报道一件新闻，这些被引用的报刊文章就像是昨天刚刚印出来似的。他想从他的对手那里得知，在库尔坐牢的犹太谋杀犯法兰克福特，是不是也曾经听说过这次勇敢的营救行动。大卫回答："在森霍夫监狱，人们天天蹲在咯吱咯吱响的织布机前干活，很少有时间看报纸。"

其实，对于大卫来说，现在也许有必要知道的是，一个正在波罗的海近水域游弋、名叫马林涅斯科的潜艇指挥官，是不是也得知了"古斯特洛夫号"的水手营救"佩加威号"落水船员的事，他是不是因此而第一次知道这个已经为他预先确定好的攻击目标是如何拼写的。但是没有人提出这个问题。网主威廉在忙着纪念这艘 KdF 轮船稍后在英国海岸作为"漂浮的投票站"的行动，这也是充满了现实的激情，就好像这套用来作宣传的把戏所产生的影响是在最近，而不是在差不多六十年之前。

那是在奥地利实际上已经并入了大德意志帝国之后进行的全民公决。居住在英国的德国侨民和奥地利侨民也应该获得投票的机会。选民们通过蒂伯里的码头栈桥上船，在三海里的领海区之外投票。对此，威廉和大卫之间还发生了一场争论。就像是在打乒乓球，争执的焦点是选举的过程。威廉坚持认为，通过设置专门填写选票的封闭小间，保证了投票的保密性。因为在将近两千名选民中只有四人投票反对合并，大卫讽刺道："人人都知道，这是百分之九十九点九的投票结果！"威廉引用了《每日电讯》一九三八年四月十二日的报道予以回击："'没有施加任何压力！'亲爱的大卫,这是那些平时只要一有机会就要诋毁我们德国人的英国人写的……"

这些在聊天室进行的无聊的争论,我倒觉得很有趣。但是,我从威廉的反驳中隐隐约约地感觉到一点儿可疑的东西。这些话我曾经听过！为了驳斥大卫的讽刺,他竟然断言："你的这些高度赞扬的民主选举,显然是代表了富人的利益,是受世界犹太教会支配的。全都是欺骗！"

前不久,我儿子对我说过类似的话。我每次见到康尼,都只是去看望一下,为了同他谈谈话,父亲般地,顺便提到我写的关于即将进行的石勒苏益格-荷尔斯泰因州议会选举的报道,我听到了下面的话："全都是欺骗。不管是在华尔街,还是在这儿,到处都是富人统治,金钱决定一切！"

吕伯船长在首次马德拉群岛之行途中去世,彼德森船长从里斯本开始接管了剩余航程的指挥权,此后,在海因里希·贝特拉姆船长的率领下,开始了一系列的夏季挪威旅行。总共进行了十一次,每次为期五天,因为特别受欢迎,所以很快就被预订一空,而且夏季挪威旅行也被列入了下一年度的 KdF 计划。母亲的父母参加的就是最后几次赴挪威峡湾旅行中的一次,我估计是倒数第二次,是在八月中旬。

朗富尔地区的党组织本来是推荐木匠师傅利贝瑙和他的妻子去挪威峡湾旅行的,他养了一条名叫哈拉斯的狼狗,它成功地和但泽共和国警察局的一条母狗进行了交配,地区党部主席将这条母狗生下的这窝小狗中的一条作为礼物送给了元首,就是元首特别喜欢的那条名叫"王子"的狗,因此配种公狗哈拉斯多次上了《但泽前哨报》。母亲从我小的时候起就给我讲这个童话般的故事,关于这条狗的故事连同它的家谱长得足够写成一部长篇小说。每次只要提到这条狗,总是和图拉有关。比如,母亲说,在她七岁的时候,她的弟弟康拉德在波罗的海游泳时淹死了,她在木匠家的这条狗的窝里蹲了整整

44

一个星期。这几天里听不到她说一句话。"俺甚至吃狗食钵里的东西。全是下水！咳，狗还能吃啥。俺在狗窝里蹲了一周，啥话也没说过，康拉德的死让俺伤心透了。他打生下来就又聋又哑……"

当狗的主人利贝瑙——他的儿子哈里是母亲的表兄——接到乘坐那艘备受欢迎的 KdF 轮船去挪威旅行的邀请时，他却遗憾地放弃了，因为他的木匠铺生意好得不得了，飞机场附近需要大量木板房。他向地区党组织建议，让他的工作勤奋的助手、热情积极的党员同志奥古斯特·波克里弗克和他的妻子埃尔娜去旅行，舱位的费用和往返汉堡的优惠车票，将由木匠铺支付。

"要是那些在'古斯特洛夫号'上拍的照片还在，我就可以让你瞧瞧，他们在短短的几天里看到的一切……"图拉的母亲特别喜欢民族服装厅、玻璃房、早上大家一起唱歌、小乐队晚上的演奏。可惜，在所有这些峡湾都不允许上岸，大概是因为德国外汇紧张的缘故。有一张照片上是奥古斯特·波克里弗克在上船表演的挪威民族服装表演小组中间笑容满面地跳舞，这张照片和其他所有照片一起，连同照片簿，"在船下沉的时候"丢失了。"俺爸，从原则上来说，是个很有趣的人，自打从挪威回来，他从早到晚都很兴奋。他是一个百分之一百五十的纳粹分子。他要让俺申请加入女青年联盟。可是俺不愿意。就是等到俺们那地方被招回德国之后，所有女孩都得加入女青年联盟，俺还是没有加入……"

母亲说的话，大概是对的。她不愿意加入任何组织。一切都是自觉自愿的。作为德国统一社会党党员和一家木工车间卓有成效的负责人，他们曾经成吨成吨地为苏联人生产卧室家具，后来在大德雷施区水泥板高层建筑项目室内装修任务中又超额完成任务，她觉得自己置身于修正主义者和阶级敌人的包围之中，所以总是困难重重。当我自愿加入德国自由青年联盟的时候，她也很不高兴："俺一个人为这帮无赖卖命干活，难道还不够吗！"

我的儿子显然是从母亲那里继承了许多东西。我的前妻认为，这是遗传基因。康尼也不愿意加入任何组织，甚至不肯加入拉策堡划船俱乐部,也不听嘉碧让他去当童子军的建议。我曾经听嘉碧说过:"他是一个典型的不合群的家伙,很难让他参加社会活动。我的几个教过他的同事说,康尼满脑子都是过去发生的事,尽管他给外人的印象是对技术创新感兴趣,比如计算机、现代通讯手段什么的……"

的确如此!是母亲,在幸存者们在波罗的海的达姆普浴场周年聚会之后,立刻送给我的儿子一台配置齐全的苹果电脑。是她让他上了瘾,他才刚刚十五岁。这个孩子误入歧途,都是她的错。不管怎样,嘉碧和我在这一点上是意见一致的:所有的不幸就是从康尼拥有这台电脑开始的。

那些始终盯着一个点,直到开始玩火、冒烟、点火的人,我历来就觉得是最可怕的人。比如说,古斯特洛夫,只有元首的意志才是他唯一的奋斗目标,马林涅斯科在和平时期只训练一个科目,那就是将船击沉,大卫·法兰克福特本来是想自杀,但是结果却用枪把另外一个肉体穿出了四个窟窿,目的是为了给他的民族发出一个信号。

关于这个悲剧人物,导演罗尔夫·利西在六十年代末拍过一部故事片。我是在家里的电视机前看了一盘录像带,电影院早就不放黑白片了。利西对事实处理得相当好。影片里的那个医学院学生,先是戴着一顶无檐的巴斯克帽,后来戴的是有檐的帽子,神情绝望地抽烟并吞食药片。在伯尔尼老城买左轮手枪时,二十四发子弹花了三点七个瑞士法郎。在古斯特洛夫穿着便装走进办公室之前,法兰克福特戴着帽子,在那里等候,这和我想象的完全不同,他从有扶手的沙发椅换到一把没有扶手的椅子,然后戴着帽子朝古斯特洛夫的头部开了枪。他向达沃斯警方投案自首,像是背诵一首在学校学过的诗歌似的,毫无表情地说了他的供词,然后把左轮手枪作为物证放在了办公桌上。

这部电影没有提供新的东西。但是插入的每周新闻纪录片的片段很有意思,可以看见正下着雪,棺材上覆盖着纳粹卐字旗。当送葬

46

的队伍启动的时候,整个什未林都被积雪覆盖。只有很少几个普通平民向棺材举手致敬,这与那些报道不同。扮演凶手法兰克福特的演员,在受审时夹在两名州警察之间,显得很矮小。他说:"古斯特洛夫是唯一一个我可以够得着的……"他还说:"我要打的是纳粹细菌,而不是这个人……"

电影还展现了囚犯法兰克福特和其他犯人每天在一架织布机前工作的情景。时光飞逝。在库尔的森霍夫监狱服刑的头几年里,他的骨髓化脓缓慢但却明显地好转,他吃得胖胖的,面颊红润,也不再抽烟了,与此同时,但是又像是在另外一部影片中似的,潜艇艇长亚历山大·马林涅斯科正在波罗的海东部沿海水域训练水面进攻后的快速下潜,"威廉·古斯特洛夫号"KdF 轮船一次又一次地去观赏挪威峡湾和午夜的太阳。

在利西的影片里当然看不到"古斯特洛夫号"和那艘苏联潜艇,只有那些多次插入的织布机,通过工作噪音,使人们感觉到,时间正在随着这些简单布匹的增加慢慢地流逝。监狱医生一次又一次地为囚犯法兰克福特出具书面证明:长期蹲监狱渐渐地让他恢复了健康。也就是说,看起来,凶手似乎已经为他的行为坐满了牢,现在该轮到另外一个人,我坚持认为,任何一个眼前只有一个目标的人,让人感到陌生而又可怕,比如说,我的儿子……

母亲总是向他灌输这些。为此,母亲,我恨你,因为是你在船沉的时候生下了我。我幸存下来,有的时候也让我觉得是一件可憎的事,假如你,母亲,当年像其他几千名乘客一样,在那种"自己只顾救自己"的情况下,带着即将临产的身孕,越过船舷,即使肚子上绑着救生圈也在冰冷的海水里冻僵了,或者,假如船首朝下沉时的旋涡,把你连同尚未出生的我一起卷入了海底深处……

但是并非如此。我没有这个权利,甚至没有权利现在就来写我偶然出生的那个决定性的时刻,因为还有许多次和平的 KdF 旅行等着这艘轮船去完成。有十次是绕过皮靴形状的意大利,包括西西里岛,而且可以在那不勒斯和巴勒莫上岸观光,因为意大利是友好国家,在法西斯式的组织方面堪称楷模。到处都是举起右手问候致意。

精心挑选的游客乘坐夜间的火车到达热那亚上船。在环绕一周之后,从威尼斯乘火车返回。总是有一些党内的和经济界的高级动物也在其中,他们使得 KdF 船上没有等级差别的社会濒于倾覆。比如,大众汽车——最初叫 KdF 汽车——的那位著名的发明者波尔舍教授也应邀上船参加了一次环绕航行,他对该船的非常现代化的机械装置特别感兴趣。

在热那亚过了冬天之后,"古斯特洛夫号"在一九三九年三月又驶抵汉堡。几天以后,"罗伯特·莱号"投入航行,KdF 船队总共拥有了十三艘船,但是,职工度假旅行暂时成为历史。船队的七艘船顺易北河而下,其中也有"罗伯特·莱号"和"古斯特洛夫号",没有搭载任何乘客,也没有宣布航行目的地,一直到了布隆斯比特科格,一道始终密封的命令才公布了航行的目的地:西班牙港口维哥。

这些船只将第一次被作为运兵船。西班牙内战已经结束,佛朗哥将军和他的长枪党获得了胜利,所以从一九三六年以来帮助佛朗哥作战的"神鹰军团"的德国志愿军可以荣归故里。

自然,这个名字的部队,对于把什么东西都反刍再嚼的互联网,正是求之不得的东西。www.blutzeuge.de 最先报道了空军第八十八航空团的归来。军团战士乘坐"古斯特洛夫号"返回,如此逼真即时,就好像他们是在昨天刚刚战胜了赤色分子。我的这位网主独自进行报道,聊天室已经关闭,不再允许任何争论——威廉对大卫,容克斯飞机和海因克尔飞机对巴斯克人的城市格尔尼卡的狂轰滥炸或许会成为争论的主题,这两种型号的各式飞机图片,有俯冲飞行的,也有正在投弹轰炸的,装点着庆贺胜利的网页。

起初,什未林战友同盟的这位发言人作为军事历史学家,显得有所保留,他指出,西班牙内战是为试验新式武器提供了机会,正像在几年前,海湾战争给美国人提供了试验新的导弹系统的机会。但是后来他也只是对"神鹰军团"大唱赞歌。他显然是借助于海因茨·

舍恩那本查证翔实的书变得内行起来,也开始兴奋地发布轮船归来和欢迎凯旋者活动的消息。他在网上总是引用那位"古斯特洛夫号"的编年史作者写的东西,也像他那样扮演目击者的角色:"船上洋溢着热烈的气氛……"当军团战士后来受到戈林元帅接见时,响起了"暴风雨般的掌声"。甚至就连"古斯特洛夫号"和"罗伯特·莱号"停泊在汉堡远洋轮泊位时吹奏的《普鲁士步兵进行曲》,他也使用了各种音响效果作为乐谱画面再现在他的网页上。

"古斯特洛夫号"第一次作为运兵船的时候,健康状况有所好转的大卫·法兰克福特正在森霍夫监狱坐第三年的牢,而亚历山大·马林涅斯科则在近海水域继续孜孜不倦地训练。在波罗的海红旗舰队的海军文献馆找到了一份有关"M-96号"潜艇的档案,从而得知,该潜艇指挥官成功地将他的士兵训练得非常善于进行水面佯攻,并且创造了在十九秒五的时间内迅速下潜的纪录,其他潜艇的平均下潜时间为二十八秒。"M-96号"经过考验适合于紧急情况。在什未林战友同盟的网页上,反复引用歌词"复仇的日子将要来临……",虽然还没有经过实战考验,但是看起来就像是随时准备着,去应付什么并不确定的东西,是复仇的日子吗?

我始终不能打消一个念头:不是一个像母亲这样的老顽固,在这里翻腾陈年旧事,坚定不移地搅和这锅褐色汤,像一张有裂纹的唱片庆贺千年帝国的胜利,而更可能是一个年轻人,也可能是一个属于聪明类型的光头党或者是一个顽固不化的高级文理中学的学生,在网上散布他的奇思异想。但是,我没有去探究我的感觉,也不愿意承认,这些通过计算机传播的信息,在遣词造句方面,比如本身并没有什么问题的评语"'古斯特洛夫号'是一艘漂亮的船",总是以令人讨厌的方式,让我感到那么熟悉。这虽然不是母亲的原话,但是……

剩下的就是渐渐产生的、时多时少的确信:可能是,不,肯定是我的儿子,他在这里,几个月以来……是康拉德,是他……躲在后面的是康尼……

很长时间里,我一直用一系列问句来掩盖我的预感:这可能不会是你自己的血肉? 这怎么可能呢? 这个差不多一直受着左翼自由思想教育的人,却迷失了方向,向右翼滑出了多远? 肯定会引起嘉碧注意的,难道不是吗?

接下去,这个我始终希望自己并不认识的网主,给我讲述了一个非常熟悉的童话:"从前有一个小男孩,他又聋又哑,在游泳的时候淹死了。他的姐姐非常爱他,后来,过了很久,她害怕战争,为了自救,上了一条大船,这条满载难民的船被敌人的三枚鱼雷击中,沉入了冰冷刺骨的海底,但是,她却没有淹死……"

我浑身发热:果然是他! 在这里,在他的用有趣的素描人像装点的网页上,向全世界讲童话的,正是我的儿子。他说的全是家里的事,直截了当,一点也不绕圈子:"康拉德的姐姐在她留着鬈发的弟弟死后大喊大叫了三天,然后沉默不语了整整一周,她是我亲爱的祖母,我以什未林战友同盟的名义,对着我祖母的白头发发誓,我说的都是实情,没有不是实情的,是世界犹太教会想要把我们德国人永远钉在耻辱柱上……"

诸如此类,等等等等。我给母亲打电话,却挨了一顿骂:"真没想到! 这么多年,你从来不关心俺们的小康拉德,现在却一下子连跳蚤的咳嗽都听见了,到俺们面前扮演起操心费神的爸爸来了……"

我也给嘉碧打了电话,最后干脆利用周末开车去了莫尔恩,这个沉睡的小镇,甚至还带了一些鲜花。据说,康尼去什未林看望祖母了。我向我的前妻述说我的担忧,可是她根本就不听我的:"我禁止你,在我的家里说这种话,指责我的儿子与极右分子交往……"

我努力保持平静,让她考虑一下,就是在莫尔恩这个田园风光的小镇,三年半以前,有人恶意纵火,烧了两栋土耳其人居住的房子。所有的报纸当时都热衷于这类特别报道。我这个微不足道的记者,也胡乱涂鸦了几篇由通讯社转发的报道。甚至也向外国转发了,因为在德国又重新……至少死了三个人。抓了几个年轻人,两个纵火的被判处了长期的徒刑,完全有可能,某个追随者组织,几个考试不及格的光头党,和我们的康尼有联系。在莫尔恩这里,或者在什末林……

她当面嘲笑我说:"你能够想象康拉德和这些吼叫的猴子在一起吗?说真的,在一群乌合之众中间会有像他这样一个不合群的人吗?这真可笑。这样疑神疑鬼的,对于你们一直搞的那种不管是为了谁的新闻风格,倒是太典型了。"

嘉碧还不忘提醒我想起将近三十年前在施普林格报社工作的事,让我——我实在厌烦了那些细节——想想我写的那些"反对左派的、文字偏执的煽动性文章":"另外,要是有人秘密地向右倾发展,那就是你,总是……"

是的!我了解自己的失足,也知道要想捂住,是多么令人汗颜。即使竭尽全力,也是难以两全。我通常都是保持中立的态度。因为,要是我接到一项任务,不管是谁给的,我只是搜集材料,写报道,但是绝不打退堂鼓……

我想知道详情,而且要直接从康尼那里,所以我就在前妻家附近找了一家有湖景的旅馆。我三番五次按嘉碧的门铃,想找我儿子谈谈。星期日晚上,他总算回家了,是从什末林坐大巴回来的。他没有穿长筒皮靴,而是穿着普通翻毛半高皮靴、牛仔裤和一件挪威花色的套头衫。看上去很和气,自然鬈曲的头发也没有修整过。戴一副眼镜,显得有点儿比谁都聪明的样子。他不理睬我,几乎不说话,只是偶尔才和他母亲说几句。晚饭有生菜、夹肉面包、苹果汁。

一起吃完晚饭,在康尼钻进他的房间之前,我在过道里截住了他。我强调是顺便问问:学校里怎么样,他是不是有朋友,是不是有一个女朋友,参加什么体育活动,祖母送的相当贵重的生日礼物——我知道大概的价格——是不是对他很有用,计算机提供了进行现代化通讯的可能,比如说,互联网,可以获取新的知识,如果他上网,什么东西对他比较重要。

我在作这番说教的时候,他似乎在认真地听。他的嘴巴显得特别小,我相信,从他的嘴角露出了一丝微笑。他在微笑!然后他摘下眼镜,又戴上,对我视而不见,就像起先在晚饭桌上那样。他回答的声音很低:"从什么时候起,你对我做什么感起兴趣来了?"停顿了一会儿,我儿子已经站在他的房间门前,我又听见他补充了一句,"我在搞历史研究。这个答复够了吗?"

门关上了。我真应该在他的背后高喊:我也在搞历史研究,康尼,我也在搞! 全是陈旧的故事。有关一条船。一九三九年五月,它载着一千名"神鹰军团"的志愿军战士凯旋。但是,今天这还跟谁有关系呢? 跟你有关系吗,康尼?

第 四 章

在一次由他安排的碰头时,他称之为工作会谈,我听见他说:其实,任何与但泽这个城市及其周围地区联系在一起的或者有着松散关系的情节线索,都是他所关心的事。因此,一定是他,而不是其他任何人,讲述了和这条船有关的一切,包括船名的由来以及它在战争爆发后所派的用场,还以短小精悍或者长篇大论的形式,叙述了施托尔普邦克的结局。在大部头《狗年月》出版之后,他立刻着手处理大量的素材。他——还会有谁呢?——必须把这些材料一层一层地剥开。不会缺少对波克里弗克一家人命运的提示,首先是图拉。隐隐约约地可以猜到,这家的其他人——图拉两个哥哥在前线阵亡了——属于成千上万的难民,在最后的时刻上了超载的"古斯特洛夫号",其中也包括身怀六甲的图拉。

可惜啊,他说,这种事对他来说并非易如反掌。他的耽误,令人遗憾,更糟糕的,是他的无能。但是,他不愿意借故开脱自己,只是承认他在六十年代中期厌倦了历史往事,而贪婪的、总是念叨着现在现在现在的现实生活又妨碍了他,及时地写出大约二百页纸的……如今对他来说是太迟了。虽然他并不是杜撰出我来作为替代物,但是,在经过长期的寻找,终于在幸存者名单上发现了我,就好像是找到了一件遗失物品。我这个微不足道的人,却又命中注定:出生在这条船下沉的时候。

他还说,他对我儿子的事感到惋惜,他不可能会想到,藏在 www. blutzeuge. de 这个名声不好的主页背后的,竟然会是图拉的孙子,尽管图拉·波克里弗克这样的祖母有一个这样的孙子,并不会让任何人感到惊讶。她自己就总是走极端,而且,人人皆知,她从来不气馁。现在,他鼓励他的助手,又该轮到我了,我必须继续报道这条船在把一批声名狼藉的"神鹰军团"志愿军从西班牙的某个港口运回汉堡以后,接下去发生的事情。

也许可以简而言之:接着就爆发了战争。但是还不能这么说。在此之前,整个夏天漫长而又晴朗,这条 KdF 轮船按照习惯的线路又进行了六次挪威之行。仍然还是不能上岸。登船旅行的主要是来自鲁尔区、柏林、汉诺威和不来梅的工人和职员,还有一些德国侨民的小团组。船驶入峡湾,度假者忙着拍照,可以望见卑尔根市。行程上还有哈丹格尔峡湾,最后是桑格纳峡湾,在这里拍摄了特别多的纪念照片。一直到七月,欣赏午夜的太阳,作为一个特别节目,确实是一次令人难忘的经历。这时,五日游的价格是四十五帝国马克,比从前稍微涨了点价。

战争还没有开始,"古斯特洛夫号"还被用于体操运动。为期两周的"林格和平体操节"在斯德哥尔摩举行,是以佩尔·亨利克·林格的名字命名的,我称之为瑞典的体操之父。度假船作为上千名身穿制服的男女体操选手们居住的场所,他们中间有青年义务劳动军派来的姑娘、单杠项目的国家队,还有一些仍然在双杠上腾跃翻飞的上了年纪的男运动员,以及"信仰与美丽"联盟的中学生体操小组和许多通过广泛开展的大众体操运动训练的儿童选手。

贝特拉姆船长没有让船停靠码头,而是抛锚停泊在可以看见城市的地方。男女体操选手由机动救生艇分期分批地运送上岸。这些搞体操的人始终有人照顾。没有发生意外事件。从我搜集的材料中可以获悉,这次特别行动非常成功,有助于德国和瑞典的友好关系。所有体操教练都获得了一枚由瑞典国王特别颁发的纪念奖章。一九三九年八月六日,"威廉·古斯特洛夫号"驶入汉堡港。KdF 旅游计划立刻又重新开始。

然而,战争真的开始了。也就是说,当这条船在和平时期最后一次驶向挪威海岸的航行中,贝特拉姆船长在八月二十四日至二十五日的夜间收到一封电报,密码电文要求他开启保存在船长室里的一封火漆密封的信,接着,他根据"QWA-7号密令"下达了中断度假航行、返回始发港的命令,他没有作任何解释,以免引起乘客们的不安。该船入港四天之后,第二次世界大战爆发了。

"力量来自欢乐"从此结束。海上度假旅行从此结束。纪念照片和在日光甲板上聊天从此结束。欢乐从此结束。没有等级差别的度假社会从此结束。这个已经并入德意志劳动阵线的组织,开始专门负责照管所有国防军部队和起初增长很慢的伤员们的娱乐活动。KdF剧团变成了前线剧团。KdF船队的所有船只由海军舰队接管指挥,"威廉·古斯特洛夫号"被改装成拥有五百张床位的军医船。和平时期的水手被遣散了一部分,一些医护人员上了船。烟囱两边的一个绿环和一个红十字使这条船有了一个全新的外貌。

根据国际协议标上识别记号之后,"古斯特洛夫号"在九月二十七日向波罗的海航行,经过西兰岛和波恩荷尔姆岛,一路航行风平浪静,最后在刚刚经过激战的韦斯特普拉特对面的但泽新港停靠。立刻就接收了数百名波兰伤员,还有德国"M-85号"扫雷艇的十名受伤水兵,该艇在但泽海湾触到波兰的水雷后沉没。在德国一方,暂时没有其他伤亡。

在中立的瑞士土地上坐牢的囚犯大卫·法兰克福特,是如何经历了战争的爆发呢?是他通过目标明确的射击,无意中使一条船得以冠名,现在这条船成了军医船。可以设想,在九月一日这一天,在森霍夫监狱没有记录发生了任何特别的事,然而,从囚犯们的行为举止应该可以看出,当时的军事形势如何,在犹太人法兰克福特的身上有着怎样的污点,他在当时所享有怎样的声望。一部分反犹太主义分子把监狱里面也弄得和高墙外面能够看见的情况差不多,就整个瑞士联邦而言,也是一种适度的情况。

德国士兵最先进入波兰,接着,根据希特勒—斯大林协定,苏联士兵也开进了波兰,这时候,马林涅斯科艇长在做什么呢?他还是

"M-96号"这艘二百五十吨潜艇的指挥官,仍然在波罗的海东部海域率领他的十八名水兵训练快速下潜,因为当时还没有下达参战的命令。他也没有改变喜欢喝酒的爱好,但只是上岸时才喝,他一直就是这样,有过几次搞女人的事,但从来没有受过纪律处分,他可能会梦见过一艘大一些的多装备了两个鱼雷发射管的潜艇。

事后,据说,他变得聪明了。在此期间,我听说,我的儿子和光头党有过一些松散的交往。莫尔恩有几个这种人。由于当地发生的事件造成了死人的后果,他们也许都受到监视,所以跑到别的地方闹去了,比如维斯马,或者参加在勃兰登堡举行的大型集会。康尼在莫尔恩与他们保持距离,然而在什未林,他不仅周末,而且有一部分假期也是在他祖母那里度过的,他为一大群光头党作了一个报告,这些人都来自梅克伦堡州,他的报告显然太啰苏,他不得不做了删节,他的这篇书面报告专门献给那个烈士和这座城市的伟大的儿子。

康尼事先至少成功地获得了几个对他的题目感兴趣的居住在当地的年轻纳粹,他们通常都只是专注于仇恨的口号和追逐外国人,一段时间以来,这些聚集在一起的年轻人自称是"威廉·古斯特洛夫战友同盟"。后来得知,这次活动是在什未林街上的一家餐馆的后室里进行的。听众约有五十人,主要是一个极右党派的成员和一些中间阶层的感兴趣的市民。母亲没有参加。

我竭力想象,我的儿子,又瘦又高,戴着眼镜,满头鬈发,穿着挪威花色的套头衫,夹在这些光头中间究竟是什么样子。他这个只喝果汁的人,周围全是用啤酒瓶武装起来的一座座肉山。他的声音清亮,尚处于时高时低的变声期,总是被那些自吹自擂的家伙的声音所盖过。他这个不合群的人,处于充满汗臭的污浊空气的包围之中。

不,他并没有入乡随俗,在这个通常总是排斥所有外来事物的场景之中,他始终是一个异类。不可能要求他去仇恨土耳其人、在业余时间去揍外国人、去辱骂外籍工人。他的报告没有任何呼吁采取暴力的内容。在叙述达沃斯的谋杀时,他就像一个刑事警察冷静地分析了谋杀动机和每个细节，他虽然像在网页上一样也提到凶手背后可能有幕后操纵者，提到"世界犹太教会"和"结成姻亲的犹太富豪"，但是在他的报告手稿里面没有类似"犹太猪"或者"犹大去死！"的骂人话。即使是要求在什未林湖南岸重建一座纪念碑，"就在那座高耸的花岗岩自一九三七年起为纪念这位烈士矗立的地方"，也是有礼貌地以符合通常的民主惯例的申请形式表达出来的。然而，当他建议听众，向梅克伦堡州议会提交一个公民倡议的时候，回答他的则是讥讽的笑声。可惜，母亲没有在场。

康尼毫不介意，他开始讲这条船下水后的事情。当他论述"力量来自欢乐"组织的意义和目的的时候，报告显得过于冗长。与此相反，他对德国陆军和海军占领挪威和丹麦期间，这条船被改装成军医船投入使用的介绍，在这些喝啤酒的人中间引起了一些注意，特别是因为有几个"纳尔威克的英雄"也是这条船上的伤员。但是，在成功地占领法国之后，没有进行"海狮行动"，即占领英国，并将"古斯特洛夫号"作为运兵船投入使用，很快就只能讲讲这条船停靠在哥滕港的无聊时光，这种无聊也传染了听众。

我儿子没有能够把他的报告作完。有人高喊："到此为止吧！""全都是空话！"还有人用啤酒瓶敲桌子，搞得闹哄哄的，因此他只好缩短了这条船以后的命运，即它通向沉没的道路，直接开始陈述被鱼雷击中的情况。康尼冷静地容忍这一切。幸好母亲没有在场。这个快要满十六岁的年轻人，可能是作了自我安慰。互联网毕竟随时随地都对他敞开。没有证实他与光头党还有过其他的接触。

他不适合那些光头。康尼在此之后立刻开始准备另一个报告，他想为他们莫尔恩中学的老师和学生作这个报告。在他被拒绝为这些听众作报告之前，我要继续跟踪，首先报告一下"古斯特洛夫号"在战争期间的情况：作为军医船，它缺少伤员，因此不得不再次进行了改装。

船的内脏被掏了出来。一九四〇年十一月底，拆走了 X 线设备。然后拆除了手术室、诊疗室。船上没有护士了，也没有了成排的病床。医护人员以及大部分穿便衣的船上工作人员都被遣散或者被调往其他船只。机务人员中只留下了机房的维修人员。从此以后，替代主任医师发号施令的，是一个海军少校军衔的潜艇指挥官。他作为第二潜艇训练分队的队长，有权决定这条作为"漂浮的军营"的居住和训练用船的功能。贝特拉姆船长留在船上，但是没有可以让他做航行标记的航海图。虽然从我面前的照片上看，他显得仪表堂堂，但是他毕竟只是一个听候召唤的二等船长。这位经验丰富的商船船长，很难严格遵守军事命令，尤其是在船上一切都变了样之后。镶在镜框里的海军元帅的照片取代了罗伯特·莱的照片。下游步甲板的吸烟沙龙变成了军官食堂。几个大的餐厅是士官和士兵们填饱肚子的地方。在船的前部，为其余穿便衣的船上工作人员设置了就餐和休息的地方。"威廉·古斯特洛夫号"停靠在前波兰港口城市格丁尼亚——战争爆发后改名为哥滕港——的一个码头，不再是"没有等级差别"，它在那里一停就是好几年。

船上住了训练分队的四个连。我面前的这些文件，都已经在互联网上被一字不落地加以引用，并且配上了图片资料，广为传播，这里是我儿子的消息来源，现在也是我的消息来源，这些文件使人确信，威廉·察恩海军少校作为经验丰富的潜艇指挥官，设法让这些志愿者们获得了一次艰苦的训练。越来越年轻的潜艇水兵——最后竟然招收十七岁的，在船上训练三个月。在此之后，许多人都是必死无疑的，无论是在大西洋、在地中海，还是后来沿着最北的航线往摩尔曼斯克深入敌后航行，在这条航线上，美国的护航舰队满载军火物资，运往苏联。

一九四○年、一九四一年、一九四二年过去了，制造了一些适合于进行特别报道的胜利。持续不断的训练死亡候选人和训练不怎么危险、比较舒服的后勤人员，虽然可供培训的人员和船上剩下的员工越来越少，在这段时间，没有发生任何事，船上的电影院里放映新的和旧的乌发电影公司的影片，东线战场打了几场包围战，在利比亚沙漠,非洲军团占领了托布鲁克。只有邓尼茨海军元帅对哥滕港的奥克斯霍夫特码头的访问,还可以称为是一次重要事件,但是也只不过就留下了几张官方照片而已。

这是在一九四三年三月。斯大林格勒已经陷落。所有的前线阵地都在向后收缩。早就丧失了对德国的制空权,所以战争也越来越逼近,不是临近的城市但泽,而是哥滕港,成为美国第八航空队轰炸机编队的目标。"斯图加特号"军医船被炸后烧毁。"奥伊彭号"潜艇护航舰被炸沉。数条拖轮、一艘芬兰的和一艘瑞典的轮船中弹沉没。一艘在船坞上的货船受到重创。"古斯特洛夫号"却幸免于难,只是在右舷外壁落下一道裂缝,这是一颗在附近港口水域爆炸的炸弹造成的损伤,因此必须进船坞进行修补。此后,这个"漂浮的军营"在但泽海湾进行了试航,证明仍然适合海上航行。

在此期间,担任指挥的船长不再是贝特拉姆,而是换成了彼德森,他也曾经在 KdF 时期当过船长。再也没有打过胜仗,在整个东部前线只有后撤,也被迫撤出利比亚沙漠。从敌后航行返回的潜艇越来越少。许多城市在地毯式轰炸中毁灭,但泽却仍然拥有所有的山墙和塔楼。在郊区朗富尔的一个木匠铺,仍然在不受干扰地制作临时营房用的门窗。在这段时间,没有什么特别报道,黄油、肉类、蛋类,甚至豆类也很匮乏,图拉·波克里弗克也有义务服兵役,当了有轨电车的售票员。她第一次怀了孕,但是流了产,因为她在朗富尔至奥利瓦的行车途中故意从电车上往下跳:反复多次,每次都是快要到站的时候,母亲讲起这件事,就像是在讲一项体育运动似的。

在此期间,还发生了一些事。大卫·法兰克福特被从库尔的监狱转移到一个位于瑞士法语区的监狱,据说是为了保护他,因为瑞士担心被那个仍然还很强大的邻国占领,那艘二百五十吨的"M-96号"潜艇的指挥官亚历山大·马林涅斯科,作为三级艇长,被调去指挥一艘新潜艇。两年前,他曾经击沉了一艘运输船,据他自己讲,是一艘七千吨的船,但是按照苏联海军领导机构的说法,只是一条一千八百吨的船。

这艘新潜艇"S-13号"属于斯塔利内茨级,这是马林涅斯科梦想已久的,无论是清醒的时候,还是酩酊大醉的时候。可能,是命运,不对,是偶然,不对,是凡尔赛协议的严格条件,帮助他得到了这艘现代化装备的潜艇。德国在第一次世界大战后被禁止制造潜艇,所以,基尔的克虏伯日耳曼造船厂和不来梅船舶机械制造股份公司,接受帝国海军的委托并且按照他们提供的设计方案,设计了一艘符合"海牙船级社标准"最高技术水平的远洋潜艇。后来,这艘新潜艇被纳入德国与苏联的合作项目,就像其他斯塔利内茨级的船只一样,在苏联下水,而且是在德国偷袭苏联之前不久,作为波罗的海红旗舰队的舰艇正式入列。无论"S-13号"什么时候离开停在芬兰港口土尔库的"斯摩尔尼基地",它总是装载着十枚鱼雷。

我儿子在他的精通舰船的网页上持有一种观点:这艘在荷兰设计的潜艇也是"德国的优质产品"。可能是吧。但是,马林涅斯科艇长最先只是成功地在波莫瑞沿海击沉了一艘名叫"西格弗里德号"的远洋拖轮,在发射了三枚鱼雷都未命中之后,干脆使用炮击。出水之后,立刻就使用了十厘米口径的船头火炮。

我现在把这条船放一放,除了空袭之外,它还是比较安全的,我以蟹行的方式回到我个人的不幸。并不是从一开始就能够清楚地看出,康拉德是在搞什么名堂。我估计只是孩子的把戏,不会有什么危害的,他把自己当成是虚拟空间的体操大师,将出于宣传目的降得很便宜的 KdF 旅行,同今天的大众旅游,同乘坐所谓"梦幻之船"赴加勒比海旅行的票价,同 TUI 公司的旅游报价进行比较,当然结果总是对航行在赴挪威途中的"没有等级差别"的"古斯特洛夫号"及其劳动阵线的船只有利。他在他的网页上欢呼,这是真正的社会主义。共产党人白费力气地试图在民主德国建立类似的东西。可惜,这是他在网上说的,这种努力没有成功。甚至就连在吕根岛上修建的大型 KdF 设施"普罗拉",在战后也没有完成,原计划是在和平时期可以接待两万名来此游泳的休假者。

"现在，"他要求，"必须将这个 KdF 的遗址列入文物保护！"然后，他以中学生的方式同他的那个我长期以为是虚构出来的对话伙伴大卫，对一种不仅是国家的而且也是社会主义的全民联盟的未来展开了争论。他引用了格奥尔格·施特拉瑟的话，还有罗伯特·莱的话，对于后者的思想，他用学校的评分"优秀"加以赞扬。他大谈一种"健康的人民机体"，而大卫则警告要提防"社会主义的平均主义"，把罗伯特·莱称作是一个"经常酗酒的大言不惭的家伙"。

我观看着这种不怎么有趣的网上聊天，慢慢地发现，我儿子越是狂热地把"力量来自欢乐"这个奇迹夸耀成是拥有未来的项目，就越显得他是很尴尬地在替他的祖母说话，尽管有各种缺陷，他还是竭力赞扬工人和农民的国家努力建设一个繁花似锦的社会主义的休假乐园。我只要一进到康尼的聊天室，满目都是那个老顽固的不容置疑的陈词滥调。

母亲就曾经这样对我和其他人进行宣传鼓动。在我去西边之前，我听到她作为斯大林的最后一个忠实信徒在我们家的厨房桌子边上说："亲爱的同志们，俺告诉你们，俺们的瓦尔特·乌布利希特打小是木匠学徒，所以俺也学木工，去闻骨胶的味道……"

后来，在第一书记下台以后，据说她有过一些麻烦。不再是因为我逃离了共和国，而是因为她称呼乌布利希特的继任者是"又矮又小的修房顶的"，怀疑到处都是修正主义分子。党小组开会时有人说，她曾经把威廉·古斯特洛夫作为犹太复国主义的牺牲品，对他这个人发表过这样的言论："……这个遭到残忍谋杀的人，是俺们美丽城市什未林的儿子。"

尽管如此，母亲仍然能够留在她的位置上。她受人欢迎，同时也有人害怕她。她总是超额完成定额，多次被评为积极分子，领导位于居斯特罗夫街的国营家具联合企业的木工车间一直到退休。也是她，将妇女在木工学徒中的比例提高到百分之二十以上。

当这个工人和农民的国家没有了之后，柏林的托管公司在什未林成立了一个分支机构，负责市里和州里的事务，据说母亲还参与了国营电缆厂、塑料机械厂、克莱门特-戈特瓦德工厂这种生产船舶零配件的大型企业，甚至还有他们从前的国营家具厂的清算和私有化。不管怎样，可以设想，当东边开始大清仓的时候，她在这种廉价销售的生意中并没有任何损失，从引入新钱开始起，母亲就不是仅仅依靠她的退休金生活。她送给我儿子那台电脑及其昂贵的配件，也没有让她手头拮据。如此慷慨——他对我总是相当小气——我归结为一件事，虽然它在联邦德国的媒体并没有激起多少浪花，但是对于康尼则起了决定性的作用。

在我报道幸存者的聚会之前，必须先塞进来一件令人尴尬的事，某人想劝阻我不要这么做，他为图拉想出了一幅没有任何污点的图像：一九九〇年一月三十日，这个遭到诅咒的日期似乎不再受人待见，因为到处都在伴随着"德国，统一的祖国"的旋律翩翩起舞，所有的东德佬想西德马克都想得要发狂，母亲则按照她自己的方式在积极行动。

在什未林湖的南岸，有一座鼠灰色的两层楼的青年旅馆正在那里慢慢地破败。它是五十年代初建造的，以一个老斯大林主义者库尔特·比尔格的名字命名，此人在战争结束后立刻作为经过考验的反法西斯战士从莫斯科来到这里，通过强有力的措施在梅克伦堡建立了丰功伟绩。在库尔特·比尔格青年旅馆的后面，对着湖的一面，母亲放了一束长茎的玫瑰，大约就是在据说曾经立着纪念那位烈士的花岗岩纪念碑的地方。她是在黑暗中做的这件事，夜里十点十八分。至少她在事后向她的女友燕妮和我讲述她的夜间行动时，也讲了这个准确的时间。她独自一个人去的，打着手电筒，在这个冬天停业的青年旅馆后面，寻找那个确定的位置。她很长时间都不敢肯定，但是后来见乌云满天，开始下起毛毛细雨，才作出决定：就在这儿。"俺不是来给这个古斯特洛夫献花的。他只是许多被弄死的纳粹分子中的一个。是为了那艘船，为了所有当时掉进冰冷海水的孩子，俺在二十二点十八分放下一束白玫瑰。俺哭了，在过了四十五年之后……"

　　五年以后,母亲不再是一个人。舍恩先生、波罗的海达姆普浴场疗养院以及"海上救援"管理委员会的先生们发出了邀请。十年前,同样是在这里也曾举办过一次幸存者的聚会,当时还有柏林墙和铁丝网,没有人从东德获得许可前来参加。然而,这一次来的人中间,也有一些人这么多年来由于国家的原因不得不对这条船的沉没保持沉默。因此,来自联邦新州的客人特别受欢迎,也就不足为奇了,在幸存者中间,不应该有东德人和西德人的区别。

　　在疗养地宽敞的庆典大厅里,一条横幅挂在舞台的上方,上面的两行字使用了不同大小的字母:"'威廉·古斯特洛夫号'沉没五十周年纪念活动——波罗的海达姆普浴场,一九九五年一月二十八日至三十日"。这个日期让人同时联想到一九三三年纳粹上台和大卫·法兰克福特为了给犹太人发出信号刺杀的那个人的生日,这一巧合虽然没有人公开提及,但是在人们的谈话中,要么是在喝咖啡的时候,要么是在纪念活动休息期间,都被顺便提到过。

　　母亲强迫我去参加。她对我说了一个不容回绝的理由:"你将在那里满五十岁……"我儿子康拉德是她邀请去的,就像是她带去的一件战利品,嘉碧并不反对他去。在达姆普,她驾驶着她那辆米色的"特拉比",夹在豪华的梅赛德斯和欧宝之间,堪称一大景观。我事先请求她,就和我一起去,不要把康尼扯进这些历史往事,但是她根本就不理睬。我这个当父亲的,其实什么用都没有,母亲和我前妻平时总是尽量回避对方,但是对于我这个人的评价,她们俩的意见倒是完全一致:对于母亲来说,我只是"一个软蛋",她总是这么说;而在嘉碧那里,只要她一有机会,总是说我是一个失败者。

　　因此,在达姆普的这两天半,我是多么难堪,也就毫不奇怪。我傻乎乎地站在那里,像个烟囱似的一直在抽烟。我作为记者,当然可以写一篇报道,至少发一条短讯。管理委员会的先生们也许正是对我有这方面的期望,因为母亲一开始就把我作为"施普林格报纸的记者"作了介绍。我没有表示异议，但是除了"天气如何如何"之类，我一个字也没有写在纸上。我应该作为什么人来报道呢？是作为"'古斯特洛夫号'的孩子"，还是作为只是因为职业原因而来的局外人？

母亲对什么事都有话回答。比如，在大家聚会的时候，她认出了几个幸存者，有一个当年"雄狮号"鱼雷艇的水兵跟他说话，她利用每一次机会，把我不是作为施普林格的记者就是作为"那个在不幸事件中出生的男孩"加以介绍。她当然不会忘记提醒一句，一月三十日提供了一个我庆祝五十岁生日的机会，即使在纪念活动的安排里这一天是静默纪念。

据说，在沉没之前和沉没的第二天，都有好几个新生儿出生，但是除了一个在二十九日出生的之外，没有其他同龄人来达姆普。看见的绝大多数都是老年人，因为当时几乎没有孩子获救。在比较年轻的中间，有一个当年只有十岁来自艾尔宾的，现在生活在加拿大，他是应管理委员会的邀请来为大家作报告，介绍他当时如何获救的情况。

出于可以理解的原因，这场不幸事件的见证人已经越来越少。一九八五年聚会时还来了五百多位幸存者和救援者，这一次却只来了不到二百人，这促使母亲在纪念活动进行的时候就悄悄地对我说："过不了多久，俺们这帮子就没人还活着了，只剩下你。可是你就是不肯把俺反复讲给你听的那些事写出来。"

正是我，早在柏林墙倒塌之前，几经周折地给她寄去了海因茨·舍恩的那本书，我承认，目的是为了逃避她的那些令人心烦的指责。就在达姆普聚会之前不久，她还从我这里得到了一本三个英国人在乌尔斯坦出版社出版的一本口袋书。但是，我也承认，这些关于沉船事件的文献资料，虽然相当客观，但却过于超脱，母亲自然不会喜欢的："俺觉得，这一切都不是亲身经历的，不是发自内心！"后来在我去大德雷施看望她时，她对我说："好吧，或许有一天，俺的小康拉德会写点儿什么……"

因此,她把他带到达姆普去了。她到的时候,不,她出场的时候,穿着一件长及踝骨的高领连衣裙,黑色天鹅绒的,更加衬托了她的剪得短短的白发。无论她站在哪儿,或者坐在哪儿喝咖啡吃蛋糕,她总是中心。她特别吸引男人。人们都知道,她一直就是这样。她的学生时代的女友燕妮对我讲过所有那些在母亲年轻时跟她真正黏糊过的小伙子,据说,她从小的时候起就浑身散发着骨胶的臭味。我也认为,即使是在达姆普,也可以隐隐约约地感觉到一股子这种气味。

　　那里绝大多数都是穿着深蓝色衣服的老头,她一袭黑裙,站在他们中间,干瘦干瘦的,但很结实。在这些大腹便便、头发花白的人中间,有一个人是当年的"T–36 号"鱼雷艇的艇长,他的部队救上来了好几百号落水的人,包括沉船上的一名侥幸生存的军官。"雄狮号"鱼雷艇上的水兵们,都还清楚地记着母亲。我真觉得,这些先生似乎都在等着她。他们围着扭怩作态、像是少女似的母亲,久久不肯离开她。我听见她在咯咯地笑,看见她双臂交叉故作姿态。然而,谈论的话题不再是我,也不再是我在船沉没的那一刻的降生,而是关于康尼。母亲向这些老先生介绍了我的儿子,就像是她自己的儿子似的。我保持着距离,不愿意被人问起,大概是不愿意"雄狮号"的那些老兵向我祝贺生日。

　　从一定的距离之外,我注意到,康尼这个我一直觉得比较腼腆的小伙子,作为母亲为他安排的角色,从容自如,回答和提问都很简短,但很准确,听人讲话非常专心,时而大胆地发出年轻人的笑声,甚至摆出姿势让人拍照。他还不满十五岁,那要等到三月份,却没有一点儿孩子气,对于母亲想让他成为那次不幸事件的知情人的意图,已经成熟得绰绰有余,正如后来证明的那样,还成了一条船的传奇的布道者。

　　从此以后,一切都围绕着康尼在转。尽管在幸存者聚会中有人是在沉船的前一天在"古斯特洛夫号"上出生的,尽管作者舍恩亲自送给他和我每人一本书,尽管母亲在舞台上接受了献花,但是,我觉得,似乎这一切都是为了让我的儿子承担起义务。人们把希望寄托在他的身上。未来，就指望着我的康尼了。人们确信，他不会让幸存者们失望的。

母亲让他穿了一套深蓝色的西装，系着一条有学校标志的领带，戴一副眼镜，头发鬈曲，看上去既像接受坚信礼的少年又像天使长。他出场的时候，就像是要去传教布道，就像是要宣布什么神圣庄严的事情，就像是他突然得到了神灵启示。

我不知道，谁曾经建议，要让康拉德在纪念礼拜仪式上敲响那口挂在圣坛旁边的铜钟。仪式在鱼雷击中轮船的那个时刻举行，那口铜钟则是波兰潜水员在七十年代末从沉船的尾部上甲板打捞出来的。利用这次幸存者的聚会，"兹克瓦尔号"打捞船的水手转交了这件打捞上来的东西，作为波兰与德国关系改善的象征。但是，最后还是舍恩先生，在纪念礼拜仪式结束的时候，用锤子敲了三下铜钟。

这位"古斯特洛夫号"上的军需助理，在这条船沉没的时候只有十八岁。他搜集和研究了几乎所有在沉船之后能够找到的东西，我不想隐瞒，在达姆普，人们很少显示出对他的感激。在纪念活动开始的时候，他作了题为《从俄国人的眼里看一九四五年一月三十日"威廉·古斯特洛夫号"的沉没》的报告，直言不讳地介绍了他经常去苏联搜集资料，遇到了"S-13号"潜艇的一名海军军士，并且同这个弗拉基米尔·库洛茨金保持着友好的联系，正是他当年按照艇长的命令发射了那三枚鱼雷，甚至还和这个老人拍摄了两人握手的照片，海因茨·舍恩后来有所保留地说，他因此而"失去了几个朋友"。

在那次报告之后，有人见了面也不理睬他。许多听报告的人，从此以后就把他视为俄国人的朋友。对于他们，战争永远也没有结束。对于他们，俄国人就是俄国佬，那三枚鱼雷就是谋杀的武器。然而，对于弗拉基米尔·库洛茨金，这条在他的视野里急剧下沉的船，满载着侵略过他的祖国、撤退时留下了一片焦土的纳粹分子。只是通过海因茨·舍恩，他才知道，在发射了鱼雷之后，有四千多名孩子，淹死，冻死，被这条船拖入了海底深处。据说，这名海军军士很长时间总是不断地梦见这些孩子。

后来让海因茨·舍恩敲那口打捞上来的铜钟,多多少少减轻了一些给他造成的伤害。我儿子把这名鱼雷射手,连同照片上的"古斯特洛夫号"专家,一起放在他的主页上介绍给全世界,他对这一持续产生影响并且联系着两国人民的悲剧的细节发表了评论,他指出了这艘射击准确的潜艇的来历,强调了"德国优质产品的质量",他竟然宣称:仅仅是多亏了一艘按照德国的设计图纸建造的潜艇,苏联人才能够在施托尔普邦克取得了胜利。

我呢?在纪念礼拜仪式之后,偷偷地溜到夜色沉沉的海滩,跑过来又跑过去,独自一人,什么也不想。在没有风的时候,即使是波罗的海,也只是无精打采、平平淡淡地卷起浪花拍击海岸。

第 五 章

这件事不断折磨着老家伙。实际上,他说,表达东普鲁士难民的苦难,是他这一代人的任务:在冰天雪地里向西行进的难民队伍,雪堆里的死亡,倒毙路边,在炸弹爆炸之后或者在马车的重负之下,冰冻的新潟湖开始裂开,掉进冰窟窿,尽管如此,越来越多的人为了逃避苏联人的报复,从海利根拜尔逃来,穿越无边无际的雪原……逃难……白色的死亡……他说,在那些年里最重要的是认罪和悔过,但是,绝不应该,仅仅因为自己的罪过更大更多,就对如此之大的苦难只字不提,绝不应该,把这个避而不谈的主题拱手交给右翼分子。这一疏忽是闻所未闻的……

然而,这个写东西写累了的老人现在以为,找到了我这个人,要求我站在他的位置上——他的原话是"代表他"——来报道苏联军队当年进入德国,报道内梅斯多夫及其后果。不错,我在寻找词语。然而,不是他,而是母亲在强迫我。仅仅是因为她的缘故,这个老家伙才搅和了进来,同样是她强迫我去强迫自己,就好像只是在强迫之下才写的,就好像写在这张纸上的任何事情,没有母亲,都不可能发生。

他声称,曾经认识的图拉,是一个不可思议的、通过任何判决也不可能把她抓住的家伙。他希望见到的是一个仍然光芒四射的图拉,但是他失望了。我听见他说,他绝对没有想到,幸存下来的图拉·波克里弗克竟然朝着如此平庸的方向发展,当了党的干部,成为一个严格地去完成定额的积极分子。她更应该成为一个无政府主义者,有可能去做一件非理性的事,比如,没有任何动机地去投放炸弹,或者去干一些骇人听闻的事情。他说,毕竟就是这个尚未成年的图拉,在战争年代,在离皇帝港炮兵连不远的地方,在那些故意装瞎的人中间,发现了白花花的一大堆人的骨骼,那个白骨山:"这是一座骨头山啊!"

老家伙并不了解母亲。我呢?我了解她吗?只有燕妮阿姨了解她的本质,或者说她的劣根性,她曾经对我说:"从本质上来说,我的女友图拉只能被理解为一个要当而没有当成的修女,当然是落下了伤疤……"许多方面确实如此:母亲很难让人理解。即使是作为党的干部,她也没有遵循党的路线。当我想去西边的时候,她只是说:"好吧,就我而言,你就过去吧。"她没有告发我,所以在什未林受到很大的压力,据说,甚至国家安全部门都找上门来好多次,但是没有确凿的证据……

当时我是她的希望。但是,从我的身上打不出火花,只是浪费时间罢了,于是她就开始塑造我的儿子,那时柏林墙刚刚倒塌。康尼落到他祖母手里的时候,只有十岁或者十一岁。在达姆普的幸存者聚会时,我完全是微不足道的,而他则成了继位的王子,在此之后,她就开始向他灌输难民的故事、施暴的故事、强奸的故事,这些故事虽然不是她的亲身经历,但是自从一九四四年十月苏联坦克越过德国东部边界,进入格尔达普和古姆宾内恩之后,到处都有人在讲,而且流传很广,搞得到处都非常恐怖。

因此,有可能的事,就变成了真的。大致情况是这样的。在苏联第二集团军侵入了几天之后,内梅斯多夫这个村庄又被德国第四集团军的部队夺了回来,到处闻,到处看,到处清点,有多少妇女被苏联士兵强奸,然后被打死,被钉在粮仓的门上,到处拍照片,到处拍摄新闻电影,为了在德国的所有电影院里放映。T-34型坦克追上逃跑的人,将其碾成肉酱。被开枪打死的孩子们躺在屋前小花园和路边排水沟里。甚至那些被迫在内梅斯多夫附近农庄干活的法国战俘,也被处决了,据说有四十多人。

这些事情以及其他的细节，我是在互联网上那个我现在已经很熟悉的网址找到的。另外还可以看到翻译成德文的一个叫伊里亚·爱伦堡的苏联作家写的呼吁书，里面的文字号召所有苏联士兵，去杀戮，去强奸，去报仇，为了被法西斯野兽蹂躏的祖国，为了"母亲俄罗斯"。在 www.blutzeuge.de 这个网站，我的这个只有我认得出来的儿子，用当时官方公告的语言进行控诉："野蛮的俄国人就是这样对待手无寸铁的德国妇女……施暴的俄国士兵胡作非为……如果不筑起一道抵御亚洲洪水的堤坝，这种恐怖就会永远威胁着整个欧洲……"他扫描了一张五十年代基民盟的竞选广告，贴了上去，上面展示了一个具有亚洲特征的贪婪的庞然大物。

在网上传播，不知道被多少用户下载过，这些文字和图片让人感觉就像是针对现在发生的事，尽管并没有提到分崩离析的苏联，也没有提到巴尔干半岛和非洲的卢旺达发生的暴行。为了给他的每一个最新的计划配上图片，我儿子充分得益于那些历史的故纸堆，不管是谁来寻找，何时来寻找，都能够收获累累。

我只能说，在那些内梅斯多夫变成了恐怖行为代名词的日子里，那种被训练出来的对俄国人的蔑视，骤然变成了对俄国人的恐惧。有关这个被重新夺回来的村庄的报道、广播、新闻电影流传很广，在东普鲁士引发了大规模的逃亡，并且从一月中旬苏联大举进攻开始之后，上升为极度恐慌。陆地逃亡途中开始出现路边死人的现象。我无法对此做详细描述。也没有人能够对此做详细描述。只能记下这些：一部分难民到达了港口城市皮劳、但泽和哥滕港。成千上万的人企图乘船逃离越来越近的恐怖。成千上万的人——统计数字证实有两百多万难民逃到了西部——挤上了军用船、客运船和商用船，在哥滕港的奥克斯霍夫特码头已经停靠了好多年的"威廉·古斯特洛夫号"也人满为患。

我希望，我也能够写得简单一些，就像我儿子在他的网页上那样："这条船静静地有条不紊地接纳了这些逃避俄国野兽的姑娘、妇女、母亲和孩子……"他为什么要隐瞒,在船上还有几千名潜艇水兵、三百七十名海军辅助女兵以及那些急匆匆地被拆卸的高射炮的射手呢?他虽然顺便提到,最初和最后,也往船上运了一些伤员:"他们中间有来自前线的战士,是他们顶住了红色洪水的冲击……"但是在开始叙述把军训教练船改装成适合远航的运输船时,他极其详细地列数了往船上运了多少公斤面粉和奶粉,多少头宰杀好的猪,却不提那些训练很差、被派来补充船上兵力的克罗地亚志愿军。只字不提船上的通讯设备不足。只字不提如何应对事故的训练:"关上舱壁!"他没有提预防性地设置了一个分娩室,这也可以理解,但究竟是什么妨碍着他,对他那位当时就要临产的祖母的状况哪怕就是简单提一句呢?关于缺少的那十条救生艇,也没有提到一句,它们被派去在空袭时释放烟雾隐蔽港口,用以替代的是一些容量很小的划子和匆匆忙忙地堆在一起或绑在一起的用木棉压成的救生板。"古斯特洛夫号"就是应该只当作难民船介绍给互联网的用户们。

康尼为什么要撒谎?这个年轻人为什么要自欺欺人?他为什么不愿意承认,码头上既没有红十字会的运输船,也没有专门运送难民的大型货轮,而是只有一条隶属于海军舰队、有武器装备、混装了各种不同货物的客运船?他这个平时总是要把细节搞清楚的人,对这条KdF时期的船可以说是了如指掌,就连轴道和船上洗衣房里最后一个角落,他都一清二楚。他为什么要否认那些这么多年来一直是白纸黑字,而且就连那些老顽固也不再否认的东西?难道他是想要虚构一件战争罪行,对实际发生的事加以美化,取悦于德国的和其他地方的光头党吗?难道他迫切需要一份干干净净的死难者清单,因此在他的网页上就连非军人船长彼德森的军人对手察恩海军少校,以及他的那条狼狗,都不得露面吗?

只能隐隐约约地感觉到,是什么驱使康尼进行欺骗:希望获得一个清澈的关于敌人的印象。狗的故事,是母亲作为真人真事讲给我听的,她从小就注定了要和狼狗打交道。多年来,察恩在船上养着他的那条哈桑。不管是在甲板上还是在军官食堂,他到哪儿都带着这

71

条狗。母亲说："俺们在下面，不准上去，从下面可以看见船长带着他的狗靠着舷栏杆，朝下看着俺们这些难民。那条狗长得和俺们的哈拉斯差不多……"

她知道在码头上发生的情况："拥挤不堪，乱七八糟。他们开始还把上来的所有人都登记下来，但是后来没有纸了……"因此，人数始终不能确定。数字又能说明什么呢？数字从来没有对过。人们总是不得不对没有登记的人数进行估计。登记的人数是六千六百人，其中大约有五千难民。但是，从一月二十八日起，又上来了很多人，没有清点人数。这些没有编号、没有姓名的，有两千或者三千吗？船上的印刷所大约增印了这么多张就餐卡，由派来做服务工作的海军辅助女兵们发放下去。对于这种情况，多几百人少几百人，在过去和现在都不重要。没有人知道准确的数字。没有人知道在货物舱里塞进了多少辆童车，只能大致估计，最后约有四千五百名婴儿、幼儿、青少年上了船。

最后，当再也上不了人的时候，又运上来一些伤员，还有最后一批海军辅助女兵，全是年轻的姑娘，因为没有空的船舱，所有的大厅都铺上了垫子，所以她们被安排在放干了水的游泳池里，也就是在海平面以下的 E 甲板。

这里之所以必须反复强调这个位置，是因为我儿子对所有涉及海军辅助女兵和游泳池死亡事件的事一概不提。只是当他在网页上泛泛地传播强奸事件时，他才真正开始热烈地谈论这些"非常年轻的姑娘，在船上，她们的贞洁应该免于遭到俄国野兽的玷污……"

我看见这些无稽之谈，就再次开始干预，但是没有暴露我是他父亲。当他的聊天室敞开的时候，我就发出了我的反驳："你的这些需要帮助的姑娘穿着军装，而且是漂亮的军装。到膝盖的蓝灰色的裙子，勉强合身的夹克衫，无檐帽稍微有点儿斜地戴在头上，上面有鹰徽和卐字。她们所有的人，不管是不是无辜的，都经过了军事训练，都向元首宣誓效忠过……"

我儿子不愿意和我交谈。充其量也就是给他创造出来的那个争论对手写上几句，就像图画书里的种族主义者在教训别人："你作为犹太人永远也不懂得，德国姑娘和妇女遭到卡尔梅克人、鞑靼人、蒙古人的奸污，一直还让我感到非常痛苦。你们犹太人懂得什么叫血液的纯洁性吗？"

不，这不可能是母亲教他的。或者真是她教的？有一次，在大德雷施喝咖啡的时候，我把我写的那篇相当客观的文章放在她的面前，是有关围绕着柏林大屠杀警示碑进行的争论，她对我说：有一个人在她舅舅的木匠铺的院子里露过面，"胖乎乎的捣蛋鬼，脸上长着雀斑"，据说，他为那条拴着链子的狗，画了一张惟妙惟肖的画像："他是个犹太佬，总是想出一些滑稽可笑的事。实际上只是半个犹太人，俺爹知道。他还大声说了话，然后就把这个名字叫阿姆泽尔的犹太佬从俺们的院子赶了出去……"

三十日的上午，母亲和她的父母上了船。"最后一刻，俺们还是上去了……"但是丢了一部分行李。中午，"古斯特洛夫号"接到命令，起锚开航。码头上还有好几百人。

"俺的大肚子，对俺爹俺娘，当然是件丢脸的事。不管是哪个难民问起俺的事，俺娘总是说：'她的未婚夫在前线打仗。'或者'本来是应该搞一场异地婚礼的，她的未婚夫在西线打仗。如果他没有阵亡的话。'但是，她对俺总是说，俺丢了她的人。上船不久，俺们就被分开了，这倒也好。俺爹俺娘不得不到最下面的船舱，就那里还有一点儿地方。俺去了上面的产妇病房……"

但是还没有这么快。我必须再像螃蟹那样爬回去，为的是往前走：在前一天，波克里弗克一家在他们的许多箱子和包袱上整整坐了一夜，挤在一大群难民中间，他们大多数人由于长途跋涉累得精疲力竭。他们来自库里施岬角、萨姆兰特、马苏棱。有一批人是从附近的艾尔宾逃出来的，那里已经被苏军的坦克碾成平地，但是似乎一直还在交战。越来越多的妇女儿童是来自但泽、措波特、哥滕港，他们挤在马车、架子车、童车以及许多雪橇之间。母亲跟我讲过那些没有主人的狗,它们不准上船,因为饥饿把码头这一带搞得很不安全。人们把东普鲁士农家的马匹卸了套,要么给了城里的军事单位,要么就送进了屠宰场。母亲也不知道详细情况。她只是为那些狗感到难过:"夜里叫起来就像狼嚎似的……"

波克里弗克一家离开埃尔森大街的时候,他们的亲戚利贝瑙一家拒绝带着行李跟着做帮工的这一家一起逃难。木匠师傅实在是太牵挂着他的电动刨、圆锯、带锯、老式刨床、库房里存的木料和十九号那栋用于出租的房子,他自己就是房东。他的儿子哈里已经在前一年秋天接到了应征入伍的命令,母亲有一段时间把他算作可能是我父亲的人。他在不断向后撤退的前线,当了报务员或者坦克兵。

战后我才得知,波兰在战争结束之后,将可能是我祖父的人和他的妻子,以及所有留在那里的德国人,全部驱逐出境。也就是说,他们俩都到了西边,好像是在吕内堡,不久,两人相继去世,男的恐怕是由于挂念他失去的木匠铺和存放在出租房子地下室里的许多门窗铰链。那条看门狗早就死了,母亲说她小时候曾经在它的窝里住了整整一个星期,据说是在战争爆发之前被人毒死的,母亲说,是"那个犹太佬的一个朋友"干的。

可以相信,波克里弗克一家是和最后一批人一起上船的,之所以被允许上船,肯定是因为可以看出他们的女儿已经怀有身孕。假如只是奥古斯特·波克里弗克一个人,恐怕就很难上船了。在码头检查的宪兵准会把他挑出来,认为他适合去参加国民冲锋队。但是,正如母亲所说,他"反正长得又瘦又矮",也就蒙混过了关。到了最后,检查也是有缝可钻的。到处都是乱哄哄的。有些孩子上了船,可是母亲却没上来。母亲们在拥挤的舷梯上不小心把孩子的手松开了,孩子被从边上挤掉了下去,消失在船壁和码头之间的水里,母亲们也只能眼睁睁地看着。大喊大叫也无济于事。

波克里弗克一家或许也可以在"奥策阿娜号"和"安东尼奥·德费洛号"蒸汽船上找到地方,上面同样全都是难民。这两条船也停靠在哥滕港奥克斯霍夫特码头,人们都说,这个码头是"美好希望的码头"，这两条中型运输船幸运地抵达了目的港基尔和哥本哈根。但是，埃尔娜·波克里弗克却"宁可死"也要上"古斯特洛夫号"，因为对她来说，对赴挪威峡湾的 KdF 旅行的许多回忆都是和这条当年漆成白色、闪闪发光的内燃机客轮联系在一起的。她把影集也装进了逃难的行李，这里面也有一些在休假旅行中抓拍的照片。

埃尔娜和奥古斯特·波克里弗克已经认不出船上的内部陈设，庆典大厅、就餐大厅、图书馆、民族服装厅、音乐厅都已经变成了人声嘈杂的床垫大通铺，墙上没有任何图片装饰。甚至就连有玻璃的游步甲板和过道也都挤得满满的。数千名孩子，清点过的和没有清点过的，成了被运送的货物，叫喊声和广播通知汇合在一起：不停地在播放走失的男孩和女孩的姓名。

波克里弗克一家上了船之后，母亲就和她的父母分开了。这是一名护士决定的。至今也不清楚，这对夫妇是被执行监督的海军辅助女兵塞进了一个已经有人的船舱，还是带着剩下的行李在集体大舱里找到了地方。图拉·波克里弗克再也没有见到那本影集和她的父母。我之所以按这个顺序写，是因为我敢肯定，对母亲来说，丢失了那本影集让她更伤心，因为所有用家里的那台柯达盒式照相机拍摄的照片都因此丢失了，这里面有她和弟弟康拉德那个小卷毛的合影，有在措波特海上栈桥照的，有和女友燕妮及她的继父——参议教师布鲁尼斯的合影，有在叶施肯河谷森林中的古腾堡纪念碑前照的，还有许多是和哈拉斯一起照的，就是那条纯种狼狗，大名鼎鼎的配种公狗。

母亲每次在讲她的这些没完没了的故事时，提到上船的时间，总是说怀孕八个月。或许真的是第八个月。不管是怀孕几个月，反正她被送进了紧靠着那个所谓的拱顶大厅的妇产病房，拱顶大厅里，一个挨着一个躺着的重伤员一直在呻吟。拱顶大厅位于桥楼的下面，是一个玻璃房，在 KdF 时期颇受度假旅行者的喜爱。里希特大夫是第二潜艇训练分队的最高主管军医，负责拱顶大厅和妇产病房。每一次，母亲跟我讲船上的事，总是说："那里真暖和。俺立马就喝上了热牛奶,还放了一汤匙蜂蜜……"

在妇产病房肯定是按部就班,一切正常。从有人上船起,已经出生了四个婴儿,我听说,"全是男孩"。

某人宣称,"威廉·古斯特洛夫号"在沉没的时候,船上的船长太多。可能是吧。但是,"泰坦尼克号"只有一个船长,在处女航时也还是沉没了。母亲说过,在船离开码头之前,她想活动活动腿脚,就来到了"上面一层"的桥楼,没有岗哨拦住她,"一个老海狗正在和一个山羊胡子吵得不可开交……"

这个海狗是船长弗里德里希·彼德森,他是从事民用航海的,在和平时期指挥过许多客轮,也曾短期指挥过"古斯特洛夫号",在战争爆发后,因为他的船突破了封锁,而被英国俘虏。由于他年事已高,被认定不适合服兵役,在书面声明永远不再作为船长出海航行之后,他被遣返回德国。所以,他这个已经六十五六岁的人,被派到停靠在奥克斯霍夫特码头的"漂浮的军营"来当"停航船长"。

那个留着山羊胡子的人只有可能是海军少校威廉·察恩,在他的脚旁边总是蹲着那条名叫哈桑的狼狗。这位当年战绩平平的潜艇指挥官被看作是这艘满载难民的船的最高军事指挥官。另外,为了减轻在此期间缺乏海上航行实践的老船长的负担,桥楼上还有两个对波罗的海海域比较熟悉的年轻船长,他们姓科勒和威勒,都是从商船舰队来的,因此颇受海军舰队军官们的歧视,尤其是察恩,他们在不同的军官食堂吃饭,谈起话来也很不投机。

各种矛盾,以及对这条很难确定运载货物性质的船所负有的共同责任,就是这样捆绑在桥楼上。一方面,这是一条运兵船,另一方面,又是一条难民船和军医船。"古斯特洛夫号"涂着灰色的作战隐蔽漆,是一个不易确定身份的攻击目标。如果不考虑可能遭到的空袭,它待在港湾里才是安全的。这一场在太多的船长之间发生的争执并没有进一步激化。另外一个船长,也还没有发现这条满载儿童、士兵、母亲、海军辅助女兵以及装备着高射炮的船。

一直到十二月底，"S-13 号"都停在波罗的海红旗舰队斯摩尔尼基地的船坞里。经过检修、加油、供应给养、装备鱼雷之后，这艘潜艇应该离开基地，开始深入敌后的航行，但是却缺少指挥官。

酒和女人，让亚历山大·马林涅斯科没有立刻中断上岸休假，在向波罗的海东岸三国和东普鲁士全面展开的大反攻之前及时地返回潜艇。据说，一种叫"彭提卡"的用土豆蒸馏的芬兰烧酒，让他失去了平衡，也丧失了记忆。在妓院和宪兵知道的下流客栈都没有找到他，潜艇上始终没有艇长。

直到一月三日，清醒过来的马林涅斯科才在土尔库报到。他立刻就受到内务部的传讯，有从事间谍活动的嫌疑。他忘记了超期上岸休假所到过哪些地方，所以，除了强调记忆漏洞之外，无法为自己做任何辩护。最后，他的顶头上司，一级舰长奥基尔紧急指示，按照斯大林同志的最新进攻命令，推迟执行军事法庭的任命其他人的指令。他声称，他只有很少几个经验丰富的舰艇指挥官，不想以此削减他的舰队的作战能力。"S-13 号"的水兵甚至集体提请宽恕他们的艇长，申请将此案暂时搁置，内务部也觉得，这有可能是兵变的兆头，于是，奥基尔命令仅仅是在上岸休假时不可靠的潜艇指挥官立刻赶到汉格，一周之后，"S-13 号"离开了汉格港口。破冰船事先已经清理好了航道。潜艇顺着瑞典的格特兰岛穿过，驶向波罗的海沿岸。

有一部黑白故事片，是在五十年代末拍摄的，片名叫《夜幕降临在哥滕港》，明星阵容，比如布里吉特·霍尔内伊和宋娅·齐曼。导演是曾经拍过一部反映斯大林格勒战役影片的德裔美国人弗兰克·维斯巴尔，他请"古斯特洛夫号"专家海因茨·舍恩出任顾问。这部电影在东德没有被批准放映，在西德，上座率也很一般，现在也和那艘沉船一样被人们遗忘了，充其量也就是文献资料馆里的压舱货。

我当时住在西柏林，正在上高中，和母亲的女友燕妮·布鲁尼斯一起看了这部影片，是在她的催逼之下，"我的女友图拉告诉我，她是多么希望我们能够一起去看这部电影”，电影让我相当失望。情节还是老一套。像所有反映“泰坦尼克号”的电影一样，在拍摄“古斯特洛夫号”海难影片时，也只能通过一个充满痛苦、最终具有历史意义的爱情故事来作为添加剂和充填料，就好像一艘人员超载的船的沉没还不够吸引人，就好像数以千计的人死亡还不够悲惨。

战争年代的一个三角恋爱故事。《夜幕降临在哥滕港》先是非常缓慢地交代了在柏林、东普鲁士等地发生的故事，三角恋爱的主人公是，一个在东部前线的士兵作为被欺骗的丈夫和后来上船的重伤员，不忠实的妻子和刚出生的孩子，她好不容易才上了船，也是把人迷得神魂颠倒的魅力人物，还有一个作风放荡的海军军官，他是第三者、孩子的生父，最后是他救了孩子的命。燕妮阿姨虽然在电影放映的过程中流过几次眼泪，但是看完电影以后她请我到“巴黎酒吧”喝我有生以来第一杯“佩诺酒”的时候，她说：“你母亲大概也不会喜欢这部片子的，因为没有表现在船沉之前和船沉之后的任何一次新生儿的出生……”她接着又说，“其实，根本就不可能将这种可怕的事情拍成电影。”

我敢肯定，船上没有母亲的情人，也没有可能是我生父的人。也可能，她即使身怀六甲，还是善于吸引船上的男性，过去和现在都是这样，她具有一种体内磁力，她自己说是“某一种东西”。据说，刚刚起锚开航，这些要被培养成潜艇驾驶员的海军新兵中的一个，陪同她这个孕妇去了最上面的甲板，是“一个满脸青春美丽疙瘩的小白脸”。内心的骚动驱使她迈开了脚步。我估计，那个水兵也就跟母亲差不多年龄，十七岁或者快满十八，他小心翼翼地搀扶着母亲走在结冰的、像镜子一样滑的甲板上。这时，母亲看见，她的目光从来不会遗漏任何东西，固定在左舷和右舷的救生艇的吊艇柱、滑轮、支架以及卷在一起的索具全都冻住了。

我曾经无数次地听她说过这句话：“俺一瞧这样，顿时就感到非常不妙。”在达姆普，瘦小的她，身穿黑裙，被上了年纪的先生们包围着，我的儿子康拉德被她领进了幸存者越来越少的世界，我听见她说:"俺就知道,都冻住了,不可能有救了。俺想从船上跳下去,发疯似的乱喊乱叫,但是已经太迟了……"

对于这些,我和燕妮阿姨一起在康德大街的电影院看的那部电影一点儿也没有展现,既看不见救生艇吊艇柱上的冰块,也看不见冰冻的舷栏杆,甚至看不见港湾里的浮冰。这些不仅在舍恩的书里有,而且在英国人多布森、米勒、佩恩合著的那本口袋书里也有:一九四五年一月三十日,寒冷刺骨,气温在零下十八度。破冰船必须在但泽湾开出一条航道。气象预报海上有巨浪和风暴。

每次我问自己,母亲是否有可能及时下船,这种本身毫无意义的考虑,原因是基于一个真实可靠的事实:在"古斯特洛夫号"被四艘拖轮拖出奥克斯霍夫特港湾之后不久,"雷维尔号"近海蒸汽船从暴风雪中钻了出来,朝相反方向行驶。这条船来自东普鲁士的最后一个港口皮劳,满载从蒂尔西特和柯尼斯堡逃出来的难民。因为下层甲板的地方有限,许多难民只能人挨人地挤着站在上层甲板上。在航行过程中,许多人冻死了,成为直立在那里的冰柱。

"古斯特洛夫号"停了下来,放下了几个舷梯,幸存的人上了这条大船,他们以为这就得救了,在稍微暖和的过道里和楼梯上找到了空隙。

难道母亲不能通过舷梯找到通向相反方向的路吗?她总是善于及时掉转方向的。机会啊!为什么没有从这条厄运船跳到"雷维尔号"上去呢?要是她不顾大肚子敢于跳下去的话,我肯定就会晚一些出生,不会在一月三十日,生在其他什么地方,谁知道会在哪儿。

又是这个该诅咒的日期。历史,准确地说,这段被我们触摸的历史,真是一个被堵塞住了的茅坑。我们冲水啊冲水,可是大粪还是往上涌。比如说,这个该死的一月三十日,它始终压在我的头上,给我打上了烙印。不管是上小学,上大学,还是当了报纸编辑,结了婚,我总是拒绝在朋友、同事、家庭的圈子里庆祝我的生日,但是,这也没有任何用处。我总是担心,在这样一个庆祝活动上,不管是否有一个祝酒词,一月三十日这个遭到三重诅咒的含义,可能会被套在我的头上,尽管看起来这个被喂得就要快爆炸的日期,这些年里已经苗条多了,现在已经毫无褒贬之义,就像其他日期一样只是日历上的一天。我们利用词汇来和历史打交道:要对历史进行补偿,要摆脱历史往事的纠缠,要努力地在心灵里处理悲痛。

然而,还是能够看到,总是有人或者说还会有人,在一月三十日国家节日这一天,在互联网上升起国旗。至少是我的儿子,把纳粹上台的这一天,做成一张红色的日历,向全世界展示。在什未林水泥板建筑居民区——大德雷施区,我的儿子继续在当他的网主,因为他从新的学年开始就住到了他的祖母家里。我的前妻嘉碧不想阻止我儿子的搬迁——离开母亲左翼的长期教育,投入祖母灵感的源泉。更糟糕的是,她给自己解脱了任何责任:"康拉德已经十七岁,可以自己作决定。"

没有问过我的意见。据说,他们俩是"和睦地"分开的。从莫尔恩湖搬到什未林湖,悄无声息地完成了。就连转学的事,"由于他的超出平均水平的成绩",也进行得很顺利,尽管我很难想象出我儿子在东德佬留下来的学校气氛里的情况。"这也是优点,"嘉碧说,"康尼更喜欢那里严格的纪律,而不是我们这里松散的教学。"我的前妻还拔高自己地说:作为教育工作者,她赞成培养自由意志和公开讨论,她虽然感到失望,但是作为母亲,她却不得不容忍儿子的决定。甚至就连康尼的女朋友也能够理解他的决定,我这时才得知这个牙科女助手苍白无力的存在。但是,罗希留在了拉策堡,她愿意尽可能经常地去看望康拉德。

他的对话伙伴同样对他很忠诚。大卫,这个要么是虚构出来的,要么是在某个地方活生生地发出提示语的人,也没有对搬家表示异议,或者根本就没有注意到搬家的事。但是,当我儿子的聊天室里谈起一月三十日的时候,他在消失了相当一段时间之后又冒了出来,仍然还是使用那些反法西斯的格言。除此之外,聊天的内容也是混杂的,要么是表示反对,要么是盲目赞同。开张的是一个真正的饶舌逗乐的闲聊室。很快,富有刺激的主题,不再是元首被任命为德国总理,更多的,而且是在突然之间,变成了威廉·古斯特洛夫的生日:争论的问题是,正如康尼所知,"被天意所决定的事实",根据这一事实,这位烈士是有预感地出生在后来夺取政权的这一天。

这种胡编乱造,被作为命运的安排,呈现给了所有参与聊天的人。因此,那个确实存在的或者只是想象出来的大卫,嘲笑那个在达沃斯被打死的歌利亚:"那艘以你的这个小得可怜的党棍命名的船,在他的出生日暨希特勒政变十二周年纪念日,全船沉没,也是天意,而且恰恰就在古斯特洛夫出生的那一分钟,二十一点十六分,三声巨响……"

他们的角色游戏就是这样进行的,就像是预先排练好了的。我越来越怀疑我的假设,一个被杜撰出来的大卫,一次又一次地蹦出来,一个人造人在那里敲打出一些生硬的句子,比如,"奥斯威辛作为罪过的象征永远地印在你们德国人的记忆中……""对于正在重新出现的灾祸,你是一个很明显的例子……"还有一些是大卫用复数表达的句子:"我们犹太人保留永远不会停止的控诉。""我们犹太人绝不会忘记!"威廉用种族主义教科书里的话予以回击:到处都有"世界犹太教会",在纽约的华尔街,他们的势力格外强大。

两人互不相让。偶尔他们也会偏离角色,比如我儿子作为威廉,赞扬以色列军队的战斗力,而大卫则谴责以色列在巴勒斯坦的土地上设立居民点,完全是"以殖民主义的方式侵占土地"。有时候也会出现两人内行地评论世界乒乓球锦标赛时突然意见完全一致的情况。他们独特的、时而尖刻、时而又像是哥们儿的语调,显示出,在虚拟空间里,他们俩趣味相投,尽管装腔作势地相互敌视,但是也有可能成为朋友。比如,大卫说:"喂,你这个粗鲁的纳粹猪!我这个够上屠宰标准的犹太猪,现在悄悄地告诉你几个窍门,怎样在今天还能够庆祝夺取政权的这一天,就是用凉咖啡……"威廉也竭力说得风趣一些:"对于今天,犹太人的鲜血已经流得够多的了。烹饪你的肉体和胃的厨师,很愿意为你再热上一份犹太教的褐色调味汁,但是现在要跟你拜拜啦,我要下线了。"

除此之外,关于一月三十日,他们俩想起来的都只是一些早就熟悉的东西。康尼向他的既是敌人又是朋友的大卫,通报了一个新的资料:"你应该知道,在这艘面临死亡的船的所有甲板上,都可以听到我们敬爱的元首的最后一次讲话。"

的确如此。在"古斯特洛夫号"上的任何地方都有广播喇叭,希特勒的讲话是通过大德意志广播电台向他的人民转播的。母亲在护士的建议下躺到了一张行军床上,她在妇产病房里听到了这个独特的声音:"十二年前的今天,一九三三年一月三十日,这是一个具有历史意义的日子,天意将德国人民的命运交到了我的手里……"

然后,东普鲁士的党部负责人科赫又发表了一通坚持抵抗的言论。接着播放了悲壮的乐曲。但是母亲只提起过元首的讲话:"当元首讲到命运和类似的东西时,俺就感到心里发颤……"有的时候,她会在沉默片刻之后说,"听起来就像是墓地的悼词。"

我抢先了。电台广播是后来发生的事。这条船在差不多已经风平浪静的但泽湾,朝着赫拉半岛的顶部航行。

一月三十日是一个星期二。尽管长年停航,发动机运转仍然一切正常。海上波涛汹涌,时而飘起雪花。在每一层甲板上,凭就餐卡,分发热汤和面包。两艘本来应该前来护航到赫拉半岛的鱼雷驱逐舰,由于海浪越来越大而无法到达,只好发无线电报取消。与此同时还发无线电报通知了目的港:第二潜艇训练分队未来的潜艇驾驶员、伤员、海军辅助女兵应该在基尔港下船或者被抬下去,难民们下船的地方是弗伦斯堡港。雪仍然在下。已经有第一批人开始晕船。在赫拉半岛停泊地,看见同样是满载难民的"汉萨号"的时候,护航的三艘舰艇全都到齐了。这时来了抛锚的命令。

现在我不想一一列举,究竟是什么导致这条早就被全世界忘掉了的,不,是被从记忆里挤出去的,但是突然之间通过互联网重新显灵的厄运船,最终撇下有机械故障的"汉萨号"继续航行,护航的只有两艘舰艇,而且其中的一艘很快也被调走了。船上的发动机刚刚运转起来,桥楼上就开始了权限之争。四个船长争吵不休。彼德森和他的大副——也是来自商用船队——只允许以十二海里的时速行驶。理由是,由于停泊的时间太长,不能对这条船要求过高。但是,当年的潜艇指挥官察恩担心受到敌人来自他所熟悉的射击位置的攻击,所以想把速度提高到十五节。在这一点上,彼德森达到了目的。大副建议,走尼克斯霍夫特那条虽然布有水雷,但是水浅,可以免受潜艇攻击的沿海航线,得到了航行船长科勒和威勒的赞同,但是,彼德森这时在察恩的支持下,决定走已经清除了水雷的深海航线,同时还原则上拒绝了其他三个船长关于之字形航行的建议。只有天气预报似乎是没有争议的:西北偏西风,风力六到七级,向西旋转,傍晚时风力减弱到五级。海浪四级,有时有雪,能见度为一海里至三海里,有中等程度的霜冻。

对于其他的,比如桥楼上的争论已经停止,缺少足够的护航军舰,上甲板的冰冻越来越严重,船首火炮已经无法射击,母亲均毫无所知。她还记得,在"元首讲话"之后,黑尔加护士给了她五片面包干和一盘放了糖和肉桂的大米饭。可以听见从旁边拱顶大厅传来的重伤员们的呻吟。幸好收音机里正播放着舞曲——"轻快的乐曲"。她听着听着就睡着了。没有一点儿最初的阵痛。母亲说,她怀孕是第八个月。

不仅仅是"古斯特洛夫号",与波莫瑞海岸保持距离,以十二海里的时速行驶,苏联潜艇"S-13号"同时也行驶在这一航线。它与波罗的海红旗舰队的另外两艘潜艇编队航行,在激战的港口城市梅莫尔的海面上,等待着出海的或者为第四集团军残部运送援兵的船只。几天来,连个船影子也没有。"S-13号"的艇长在那里徒劳无获地潜伏等待,这时,他可能会想起针对他的那桩悬而未决的军事法庭审判以及他将要面临的内务部审讯。

一月三十日凌晨,亚历山大·马林涅斯科接到电报,苏联红军已经占领了梅莫尔市的港口,于是,他就确定了新的航线,但并没有通知指挥中心。"S-13号"载着四十七名官兵和十枚鱼雷朝波莫瑞海岸行驶,这时,"古斯特洛夫号"正在奥克斯霍夫特码头让最后几批难民上船,其中就有波克里弗克一家。

在我的报道里,两条船彼此越来越接近,但是没有发生任何重要的事,因此还有机会来简要地提一下在格劳宾登的一所监狱里的日常生活情况。在那个星期二,如同在每一个工作日一样,犯人们都坐在织布机前工作。那个谋杀国社党前瑞士党部主席威廉·古斯特洛夫而被判处十八年徒刑的人,迄今已经坐了九年牢。因为不再受到来自大德意志帝国的威胁,他又被转回了库尔的森霍夫监狱,由于战争局势发生了决定性的改变,他认为可以递交一份宽恕申请,但是就在那两条船在波罗的海航行的时候,他的申请被瑞士联邦最高法院拒绝了。不仅大卫·法兰克福特没有得到宽恕,而且那艘以他的谋杀对象命名的船,也没有得到宽恕。

第 六 章

　　他说,我的报道具有写成中篇小说的素材。一种文学的评估,不会和我有什么关系。我只是在报道而已:在那一天,天意或者其他一个主宰日历的天神将这一天规定为是这条船的末日,也宣告了大德意志帝国的覆灭:英国和美国的军队出现在亚琛地区。根据报道,我们剩余的潜艇在爱尔兰海域击沉了三艘货船,莱茵河流域前线的压力逐渐增大,战事已经逼近科尔马。在巴尔干半岛,游击队在萨拉热窝地区活动越来越频繁。为了加强东部前线的力量,第二山地步兵师从丹麦的日德兰半岛撤了回来。在布达佩斯,供应情况一天比一天恶劣,前线阵地已经设在了城堡的前面。到处都躺着交战双方的死亡将士,收集身份证明牌,颁发勋章。

　　除了预告的神奇武器始终没有出现之外,还会发生什么呢? 在西里西亚的格罗高,进攻被击退了,但是在波兹南周围,局势更加恶化。在库尔姆附近,苏军部队越过了魏克瑟尔河。敌军在东普鲁士已经逼近了巴滕斯坦和比索夫威德。在这一天之前,其实也是普普通通的一天,有六万五千平民和军人在皮劳顺利地上了船。到处都有完全可以建纪念碑的英雄事迹,而且还在不断地出现。当"古斯特洛夫号"按照它的航线渐渐接近施托尔普邦克西部,"S-13号"潜艇饥饿地等待着猎物的时候,一千一百架四引擎的敌机投入了对哈姆、比勒费尔德、卡塞尔地区的夜间空袭,美国总统罗斯福这时已经离开了美国,正在赴克里米亚参加雅尔塔会议的途中,这个病魔缠身的人将要和丘吉尔、斯大林会面,通过划分新的边界线来为和平作准备。

关于这次会议以及后来在罗斯福去世后由杜鲁门参加的波茨坦会议,我在互联网上找到了一些发泄仇恨的网页,并且在我那个无事不晓的儿子的网页上看到了一段附带的评论:"人们就这样分割了我们德国。"配上一张大德意志帝国的地图,标出了失去的领土。他在冥思苦想,假如"古斯特洛夫号"上的那些快要完成培训的年轻水兵幸运地到达了目的地基尔港,驾驶着十二艘或者更多新式的、几乎没有噪音的 XXIII 级快速潜艇,投入战斗,那么会发生什么奇迹呢?在他的愿望单上,全是英雄事迹和特别报道。并不是康尼要事后施魔法招来最后的胜利,但是他可以肯定,对于这些年轻的潜艇水兵来说,在这种神奇潜艇里被深水炸弹击中阵亡,总要比在施托尔普邦克可怜地淹死要好得多。就连他的对手大卫也对这种评估死亡的方式表示赞同,但是他也把自己的考虑送到网上:"可惜这些小伙子不可能选择。无论怎样,他们都没有机会按照完全正常的方式长大成人……"

　　有一些照片,是船上幸存的那个军需助理在几十年里搜集的,许多都是小的护照照片,只有一张大幅照片,展示的是参加第二潜艇训练分队一次为期四个月培训的所有水兵集体列队,在向海军少校察恩敬礼和听到"稍息"的命令之后,放松地站在日光甲板上。在这张横幅照片上,可以数出九百多顶、越朝船尾显得越小的水兵帽,最多可以看清第七行以前的一张张脸。然后就是排列有序的群众。在那些小的护照照片上,是一些身穿制服的男人,他们年轻的面容虽然各不相像,但是总的来说,都显得不成熟。他们大概十八岁。有几个在战争的最后几个月里才穿制服让人拍照的,还要更年轻。我儿子已经十七岁,完全可能成为他们中的一员,尽管康尼因为戴眼镜而不适合潜艇上的工作。

　　所有的人都戴着可以说还算合适的上面有"海军舰队"的水兵帽,绝大多数人都是稍微向右斜戴着的。我看着这些死亡候补者的一张张圆圆的、细长的、棱角分明的、丰满红润的脸。军服是他们的全部骄傲。他们严肃地看着我，就像预感到了什么，从而决定了他们最后一次被拍照下来的表情。

我面前还有上船的三百七十三名海军辅助女兵的几张照片，她们虽然都斜戴着一顶前面有着国徽上的鹰的船形军帽，但是看上去并不像军人。姑娘们的头发经过了精心照料，许多人用化学药水或者用水使头发成形，盘在头上，有的是用火钳烫出流行发型，披在肩上。有一些姑娘可能已经订了婚，个别的已经结过了婚。有两三个头发没有烫过，披在肩上，给我一种高冷的感觉，长得有点儿像我的前妻。我在西柏林见到的嘉碧就是这副模样，她正在勤奋地学习教育学，立刻就把我搞昏了头。几乎所有的海军辅助女兵第一眼看上去都很漂亮，甚至有点儿娟秀娇媚，有几个已经略微显出双下巴。姑娘们的表情没有小伙子们那么严肃。每一个看着我的，都在天真无邪地微笑。

在这条沉船上的四千多名婴儿、幼儿、青少年中，只有不足一百人获救，找到他们照片的几率很低，因为从东普鲁士、西普鲁士、但泽、哥滕港逃出来的难民们的行李以及行李里面的影集，都和这条船一起沉入了海底。我看过那个年代的孩子照片。姑娘们都扎着辫子，系着蝴蝶结，男孩们留着向左梳或向右梳的分头。婴儿是看不出时代特点的，他们几乎什么都没有留下。许多母亲葬身在波罗的海，少数一些幸免于难，但是失去了孩子，她们流传下来的照片，要么是在海难之前很久拍的，要么就是在许多年以后的家庭聚会时"咔嚓"的，这是母亲的说法，母亲自己没有留下一张照片，我这个婴儿也没有。

同样也没有留下那些老年男女、马祖尔的男女农民、退休公务员、快乐的鳏寡老人、退休手艺人的照片，这些惊慌失措逃难的老头老太，有一千多人被允许上了船。所有中年男子都在奥克斯霍夫特码头上船时被拦了下来，因为他们符合最后一批国民冲锋队的应征要求。在获救者中，几乎没有上了年纪的男人，也没有上了年纪的女人。也没有一张照片为那些一张床靠着一张床地躺在拱顶大厅的重伤员做证。

在少数幸存的老人中,有六十五六岁的彼德森船长。所有四位船长在二十一点左右都在桥楼上,他们争吵按照彼德森的命令打开航行灯是否正确,因为在十八点刚过的时候收到电报,通知他们有一个扫雷艇编队正朝他们驶来。察恩表示反对。第二航海长也反对。虽然彼德森下令关了几盏灯,但是没有关左舷的灯和右舷的灯。雪已经减弱,在此期间"雄狮号"鱼雷艇是唯一护航的军舰。这艘上上下下都被黑暗笼罩的船,顶着巨浪,继续自己的航线,越来越接近那个在所有海事图鉴里都标出来的施托尔普邦克。预报有中等霜冻,气温是零下十八度。

据说是苏军潜艇"S-13号"的大副首先发现了远光航行灯。不管是谁最先发出了通报,马林涅斯科立刻就来到这艘正在水面航行的潜艇的指挥塔。据流传下来的说法,他戴着海军蓝的有毛毡的军帽,没有遵守规章制度穿有衬里的外套和潜艇军官的值班服,而是披了一件油迹斑斑的羊皮大衣。

在下潜航行的状态下,因为航行时间长,所以是由电动发动机驱动,潜艇艇长只接到监听到小型船只行驶声响的报告。在赫拉半岛前面,他下令浮出水面。柴油发动机开始转动。这时候才能够听见一艘双螺旋桨驱动的船发出的声响。突然开始雪花飘舞,保护了这条船,也遮挡了视线。当雪逐渐停止之后,可以看见一条估计为两万吨的运兵船的轮廓和一艘护航军舰。这一切都是从大海这一侧看过去的,看见的是运输船的右舷和隐隐约约可以看出来的波莫瑞海岸。暂时什么也没有发生。

我只能推测,是什么促使"S-13号"的艇长下令在水面上加速航行,冒险地从那条船及其护航军舰的尾部绕过,为的是从海岸方向,在距离这条船不到三十米的水下,寻找一个发动攻击的位置。根据后来的陈述,他是想在发现这些侵略和蹂躏他的祖国的"狗娘养的法西斯分子"的地方消灭他们,在此之前,他还没有如愿以偿的机会。

两周以来，什么猎物也没有找到。无论是在格特兰岛海域，还是在波罗的海的港口城市温道和梅莫尔，他都没有下令射击的机会。艇上的十枚鱼雷，没有一枚离开发射管。他简直就像是饿极了。此外，只有在海上才非常出色的马林涅斯科也很担心，如果没有任何战功返回土尔库或者汉格基地港口，他会不会被交给内务部的军事法庭。他不仅仅是要为前一次酗酒和在芬兰妓院超过上岸休假时间的逗留负责，而且还有从事间谍活动的嫌疑，这种指控，自从三十年代中期以来，在苏联的清洗运动中是司空见惯的，而且任何理由都无法对此进行反驳。现在只有一次极为巨大的胜利才能救他。

在水面航行了接近两个小时之后，在四周的搜索工作宣告结束。"S-13号"与敌方目标平行，潜艇指挥塔上的人都感到很惊奇，这条船竟然亮着航行灯，而且没有走之字形的航线。雪完全停了，存在着云开雾散的可能，不仅仅是巨大的运输船及其护航军舰，而且就连潜艇也有可能随时在月光下暴露无遗。

尽管如此，马林涅斯科仍然坚持在水面航行。被证明对"S-13号"非常有利的是，"雄狮号"鱼雷艇上的潜艇探测装置被冻住了，无法接收反馈信息，这一点是"S-13号"上的人谁也不可能想到的。英国作家多布森、米勒、佩恩在他们的报道中的出发点是，苏联的指挥官针对这种德军潜艇在大西洋运用的浮出水面的攻击战术，已经训练了很长时间，因为这种战术颇为成功，现在他终于可以实际运用一下了。水面攻击因为视线好，可以保证更快的航行速度和更高的准确性。

马林涅斯科命令降低浮力，直到看不见潜艇的艇身，只让潜艇指挥塔露在仍然波浪翻腾的海面上。据说，在受到攻击之前，从被攻击目标的桥楼上还发射了一颗照明弹，据说有人看见了闪光信号。但是，没有得到来自德国方面的证实，几位幸存的船长在他们的报告里也都没有提到此事。

这样，"S-13号"毫无阻碍地接近了目标的左舷。按照艇长的命令,四枚船艏的鱼雷在发射管里被调到水下三米的位置。距离敌方目标估计有六百米。这条船的船头被套在潜望镜的十字线中间。按照莫斯科时间是二十三点零四分,比德国时间整整早两个小时。

在马林涅斯科下达开火的命令而且再也无法收回成命之前,必须在我的报道里面提到一个流传下来的传奇故事。有一个叫皮舒尔的水兵在"S-13号"离开汉格之前,用画笔在所有的鱼雷上写了题词,也包括这四枚随时待发的鱼雷。第一枚上写着"为了祖国",第二枚上是"为了斯大林",在第三枚和第四枚上,画笔写的题词写在像鳗鱼一样滑的鱼雷的上半部:"为了苏联人民"和"为了列宁格勒"。

就这样有着预先确定的目的,在命令终于下达之后,四枚鱼雷中的三枚,飞向了这条在马林涅斯科眼里没有船名的目标,那枚"斯大林"卡在了发射管里,必须立刻去掉引信。船上的妇产病房里,广播音乐轻缓悠长,母亲仍然沉睡在梦乡。

在这三枚写着题词的鱼雷发射出去之后,我试着去想象"古斯特洛夫号"上的情形。很容易就找到了那些最后上船的海军辅助女兵,她们被安置在放干了水的游泳池里,也有一些在旁边的青年船舱,这里从前是为度假旅行的希特勒青年团和德意志女青年联盟的成员们准备的。她们挤在一起,有的蹲着,有的躺着。发型仍然保持得很好。但是不再有笑声,没有人讲那些好听的或者刻薄的流言蜚语。有几个人晕船。在甲板的过道里,在从前的庆典大厅和餐厅里,到处都散发着呕吐物的臭味。对于这么多的难民和海军军人,厕所实在太少,而且已经堵塞了。排风扇已经不可能通过污浊的空气来排除臭气。自从船起航以来,所有的人都按照命令穿上了分发的救生衣,可是,由于温度不断上升,许多人脱掉了过热的衣服以及救生衣。老人和孩子在低声地抱怨。不再播放广播通知。所有的嘈杂声都减弱了。有人发出一声叹息和呻吟。我想象这还不是沉没时的气氛,但已经是它的前奏,恐惧在慢慢地潜入。

据说，当争执终于有了结果之后，桥楼上的气氛倒使人感到有一线希望。四位船长相信，到了施托尔普邦克，就已经过了最危险的时候。在大副的船舱里开始用勺子吃饭：掺肉的豌豆汤。然后，察恩海军少校还让服务员上了白兰地。他觉得有理由为一次由幸运之神庇护的航行干一杯。那条名叫哈桑的狼狗在它的主人脚旁边睡着了。在桥楼上担任值班船长的只有威勒船长。这时候，时间已到。

我从小就听过母亲说的这句话："头一声爆炸，俺就立刻醒了，接着又是一声，又是一声……"

第一枚鱼雷在海水线以下命中了船头部位，那里是船上的水手舱。那些不值班的、在啃夹肉面包或者在舱里睡觉的水手，即使是在爆炸时幸免于难，却也无法逃生，因为威勒船长在得到最初的损伤报告之后，立刻下令自动关闭所有通往船的前部的舱壁，目的是阻止船头急遽下沉。起航之前，还刚刚练习过"关闭舱壁"的紧急措施。在这些被遗弃了的水手和克罗地亚志愿军中间，有许多人曾经为了有秩序地操纵和放下救生艇进行过专门的训练。

没有人知道，在关闭了舱壁的船的前部，突然发生了什么，稍后发生了什么，最终发生了什么。

母亲接着讲的话，同样深深地铭记在我的心里："第二声爆炸的时候，俺从床上掉了下来，可厉害啦……"这枚鱼雷是从第三号发射管射出的，光滑的表面上写着"为了苏联人民"的题词，命中了船的 E 甲板上的游泳池底部。只有两三个海军辅助女兵活了下来，她们后来说起爆炸的气味以及那些被游泳池正面墙上炸裂的玻璃马赛克镶嵌画和游泳池瓷砖的碎片撕得粉碎的姑娘。在迅速上升的水面，可以看见漂浮着尸体和一块块肢体、夹肉面包和晚餐的剩余物、空荡荡的救生衣。几乎没有叫喊。然后，灯灭了。我没有这两三个海军辅助女兵的照片，她们是从一个紧急出口逃出去的，出口的后面有一个很陡的铁梯通向上面的甲板。

母亲接着说："直到第三次爆炸"，里希特大夫才来到妇产病房。"全都乱套了！"她每次讲到"第三枚"的时候，总是这样大喊一声。

最后的一枚鱼雷击中了船中部的机房,不仅发动机全部停止运转,而且各甲板的照明系统和其他技术装置也被损坏。一切都只好在黑暗中进行。几分钟之后开始启动的紧急照明系统,虽然可以让人们在这条长两百米、有十层楼高的船上突然出现的混乱中辨明方向,但是却无法从船上通过无线电报发出紧急呼救信号,因为报务舱里的机器也都被损坏了。只有从"雄狮号"鱼雷艇上不断地向太空发出呼声:"'古斯特洛夫号'被三枚鱼雷击中,正在下沉!"最后,在几个小时以后,正在下沉的船的位置才被通过无线电波传播出去:"位置在施托尔普明德。北纬五十五点零七,东经十七点四十二。请求援助……"

在"S-13号"上,大家都目睹了击中目标的过程,发出了有所保留的欢呼,被命中的目标很快就可以看出正在下沉。马林涅斯科艇长下令开始进水压舱,潜入深处,他知道,在沿海水域,特别是在施托尔普邦克水面,很难防止深水炸弹。首先必须取掉那枚卡在第二号发射管里的鱼雷的引信。即使被卡住了,它的驱动系统仍然在转动,任何一点轻微的晃动都有可能引起爆炸。幸好没有施放深水炸弹。"雄狮号"鱼雷艇停了下来,用探照灯搜寻那条被击中要害的船。

在我们的全球游戏场上,在进行最后交流的那个倍加称赞的地方,这艘苏联潜艇"S-13号"被断然称作"谋杀船",这个词出现在和我有着家庭关系的网页上。波罗的海红旗舰队的这艘潜艇上的全体官兵,被谴责为"谋杀妇女和儿童的凶手"。我的儿子在互联网上扮演着法官。他的敌人兼朋友大卫再次摇起他的反法西斯主义的转经筒,指出船上有高级别的纳粹分子和军人,日光甲板上还有三厘米口径的高射炮,但是他的反驳根本敌不过来自五大洲像潮水般涌来的评论。聊客们绝大多数是用德语,里面夹着英文的片言只字。仇恨的言辞,恐怖的诅咒发誓,充满了我的电脑显示屏。恐怖的总结之后,是一串惊叹号,同时还对其他船只沉没的数字作了比较。

经常被拍成电影的"泰坦尼克号"悲剧试图占据首位。紧随其后的是"露西塔尼亚号"，它在第一次世界大战中被德国潜艇击沉，据说正是此事引起美国参战或者加速美国参战的进程。满载集中营犯人的"凯普·阿尔克纳号"在新城海湾被英国轰炸机炸沉，也发出了一声奇怪的呼喊，这次因失误造成的事件发生在战争结束前几天，死亡七千人，在互联网的排名表上遥遥领先。"戈雅号"与它不分上下。但是，"古斯特洛夫号"最后战胜了所有竞争对手。我儿子在他的网页上以其独特的细致和勤奋，成功地让全世界又想起这条被遗忘的沉船及其乘客，表格、插图、用锯齿形表明的鱼雷命中点，一目了然，从此以后，这条船作为海难闻名全球。

然而，这些在虚拟空间一个超过一个的数字，与一九四五年一月三十日二十一点十六分以后在"威廉·古斯特洛夫号"上真正发生的事几乎没有什么关系。弗兰克·维斯巴尔在他的黑白电影《夜幕降临在哥滕港》里，尽管前奏过于冗长，但是成功地捕捉了当船被三枚鱼雷击中之后甲板上出现的惊慌失措的场景，船头顿时灌进大量海水，开始向左舷倾斜。

疏忽大意总会造成恶果。那些反正也不够用的救生艇，为什么没有能够尽快放下水呢？为什么没有定期化解吊艇柱和索具上的冰冻呢？因为缺少那些由于舱壁关闭被封在船的前半部的水手，他们当时可能还活着。训练分队的新兵没有接受过如何操纵救生艇的训练。日光甲板，也就是吊着救生艇的那层甲板，结了一层冰，滑得像镜子，当船开始倾斜的时候，从上面几层甲板蜂拥而来的乘客纷纷滑倒在地。因为没有扶的地方，最前面的几个人从船上掉了下去。并不是每个人都穿了救生衣。慌乱之中，许多人大胆地跳了下去。由于船舱里面很热，绝大多数涌上日光甲板的人，都穿得太少，不可能经受得住寒冷幸存下来，当时的气温是零下十八度，水温大约是二至三度。尽管如此，他们仍然跳了下去。

从桥楼传来命令，将所有后来拥上来的乘客引进有玻璃围挡的游步甲板，然后关上所有的门，派武装人员看守，等待营救的船只。这一措施得到了严格执行。这个长一百六十六米、环绕着右舷和左舷的玻璃柜,挤进了一千多人。直到最后,一切都太迟了的时候,游步甲板有几处玻璃才开始破裂。

在船舱里面发生的事,是无法用语言来表达的。母亲对所有无法描述的东西总是说:"俺对此啥也说不出来……"我觉得这话很含糊。我并不是试图想象出一些可怕的事,把恐怖的东西用细致的画面表现出来,而是因为我的雇主现在催促我,要把一个个单独的命运串联起来,以史诗性的冷静态度和好不容易才积聚起来的感情影响力,画出一条巨大的曲线,用恐怖词汇,来展现这场灾难的规模。

那部黑白电影已经通过一些在电影棚里的布景前制作的画面做了尝试。可以看见拥挤的人群、堵塞的通道、为了每一级台阶的争夺,化了装的群众演员扮演那些被锁在游步甲板里的人,他们感觉到船在倾斜,看见海水在上涨,看见在船里面游泳的人,看见被淹死的人。电影里也能看见孩子。这些孩子,都和他们的母亲分开了。这些孩子,手里抱着晃来晃去的玩具娃娃。这些孩子,在空荡荡的通道里迷失了方向。用特写镜头表现了几个孩子的眼睛。然而,四千多名婴儿、幼儿、青少年,都没有活下来,仅仅是由于费用的原因,没有拍摄他们,过去和现在都只有一个抽象的数字,就像所有其他上千上万上百万的数字一样,当年和如今都只是粗略估计罢了。后面多一个○还是少一个○,这又能说明什么呢?死亡消失在统计表里的一排排数字的背后。

我只能报道幸存者在其他地方的陈述摘要。在宽大的楼梯和窄小的升降口扶梯上,许多老人和孩子被踩死。每个人都只顾自己。不少人试图抢在死神的前面。说到一个培训军官,他在分配给他的家庭船舱里,用配备的手枪先打死了他的三个孩子,然后打死了他的妻子,最后打死了自己。关于那些党的高级官员及其家眷,也有类似的情况,他们在特别船舱里结束了生命,这些特别船舱本来是为希特勒及其忠实的追随者罗伯特·莱准备的,现在却为自我解决提供了场所。可以设想,哈桑,海军少校的那只狼狗,同样也是被它的主人开枪打死的。在结冰的日光甲板上不得不动用了武器,因为"只让妇女儿童上救生船!"的命令无法贯彻执行,这也是为什么得救的男人占绝大多数的原因,死亡人数统计数据客观地证明了这一切,无须作任何解释。

有一条可以乘坐五十多人的救生艇,由于过于仓促,只上了大约十二三名水兵,就被放下了水。另外一条救生艇翻了,因为放得太急,前面的缆绳还挂着,当缆绳断了之后,救生艇上的所有人都掉进了波涛汹涌的大海,在水里挣扎。据说,只有第四号救生艇是按照规定放下来的,上面有一半是妇女儿童。因为那个被称为是临时战地医院的拱顶大厅里的重伤员反正已经无可挽救了,医护人员试图把几个轻伤员安顿在救生艇上,可惜是白费力气。

甚至就连船上的领导也是只顾自己。关于一个高级军官,有这样的报道:他把他的妻子从船舱带到上甲板,然后在后甲板上开始弄掉一艘摩托艇支架上的冰冻,这是 KdF 时期去挪威旅行时用来游览观光的。当他把摩托艇放下水的时候,电动卷扬机竟然转起来了,真是奇迹啊。在往下放摩托艇的时候,被关在游步甲板里的妇女儿童通过防弹玻璃看见了这艘只坐了一半人的小艇,摩托艇上的人也看见了这一大群在玻璃后面的人正在惊讶地看着他们。本来是可以相互招招手的。以后在船上发生的事,没有人看见,也没有人提起。

我只知道,母亲被救了上来。"在最后一次'砰'的响声之后,俺立刻就感到阵痛,"我小的时候,每次她讲起这件事,我总觉得是在听一个有趣的冒险故事,"大夫叔叔马上给俺打了一针……"她总是害怕打针,"但是,阵痛立刻就停了……"

一定是里希特大夫,他让病房护士把两个带着婴儿的产妇和母亲推过了滑溜的日光甲板,把这三个妇女安顿在一艘已经放下来的、吊在吊艇柱上的救生艇里。据说,他自己后来和另一个孕妇以及一个刚刚流产的妇女一起,在最后几艘救生艇上找到了位置,显然没有带上黑尔加护士。

母亲对我说,由于倾斜得越来越厉害,后甲板的一门三厘米口径的高射炮脱离了固定支架,从船上掉了下去,把一艘装满人的救生艇砸碎了。"就发生在俺们旁边。俺们真有运气……"

这就是说,我是在母亲的肚子里离开了正在下沉的船。我们的救生艇启动,与越来越倾斜的船的左舷拉开了一些距离,周围是漂浮物,活人和死人。现在还不算太迟,我想再讲一两个故事。船上备受喜欢的理发师,多年来他一直在搜集越来越稀罕的银质五马克硬币。这会儿,他把裤子口袋塞得满满的,跳进了大海,因为银币的重量,立刻就沉了下去……但是,我不允许再讲其他的故事了。

现在有人建议我说得简短一些,我的雇主坚持要这样。反正我也不可能用言语表现船上的和冰冷刺骨的海水里的数千人的死亡,不可能做一次德国式的安魂弥撒,不可能跳一轮海上的死亡之舞,所以我也应该安安心心地言归正传。他说,来谈谈我的出生。

还没有到那个时刻。母亲坐在那条船上,没有父母,没有逃难的行李,只有被抑制住的阵痛,每当一个浪头把船掀起,船上的所有乘客从渐渐拉开的距离可以看见一侧正在倾斜下沉的"威廉·古斯特洛夫号"。那艘护航军舰在巨浪中竭力保持相应的位置,探照灯不时地扫射着船上的桥楼、镶着玻璃的游步甲板以及倾斜着向右舷耸起的日光甲板,这些幸运地上了救生艇的人们目睹了一个一个的人和一群一群的人是如何掉下船的。母亲从很近的地方看见,所有的人只要愿意也都能看见,水里漂浮着许多穿着救生衣的人,活着的,就高声地或者有气无力地呼喊救命,乞求让他们上救生艇,死了的,就像睡着了似的。但是更惨的是那些孩子,母亲说,"他们所有的人都从船上掉了下来,位置不对,都是脑袋先入水。他们卡在大大的救生圈里,小腿朝上直蹬……"

后来,只要有人问起母亲,比如她在木工车间的小伙子或者某个临时的床上伙伴,她一个年纪轻轻的女人怎么会白头发的,她总是说:"俺一看见那些小孩子脑袋冲下,就一下子白了头……"

也可能,是从那时起或者就在那时,惊吓起了作用。我小的时候,母亲那时大约二十五六岁,她把剪短的白头发扎成像一个奖杯似

96

的。只要是有人问她,总是会谈起"古斯特洛夫号"和它的沉没,这是在这个工人和农民的国家不允许谈论的话题。但是,她有的时候也顺带地小心翼翼地提到那艘苏联潜艇和那三枚鱼雷,每次母亲总是竭力拿腔拿调地把"S-13号"的指挥官以及他的士兵称作"与俺们劳动人民保持着友好关系的苏联海军英雄"。

根据母亲的见证,她的头发一下子变白的这段时间,大约是鱼雷命中目标之后半个小时,下潜的潜艇里的水兵保持镇静,等待着深水炸弹,但是一直也没有来。没有渐渐靠近的船的螺旋桨的噪音。丝毫也没有能够让人联想到潜艇电影里的戏剧性情节。二级下士施纳普策夫的任务就是通过耳机监听记录外部的声响,他听到了下沉的船体产生的声音:嘈杂声,在机房断开的时候,发出了一声巨响,在一阵短促的嘎吱嘎吱声之后,舱壁在水压下开始断裂,又是一阵无法确定的噪音。所有这一切,他都压低声音向指挥官作了汇报。

在这期间,那枚卡在第二号发射管里的献给斯大林的鱼雷已被拆除了引信,潜艇里静悄悄的,除了那条正在下沉的、对他来说是不知船名的船发出的声响以外,二级下士从耳机里只能听见从远处传来的那艘缓慢行驶的护航军舰的螺旋桨噪音。从那里不会造成什么危险。他没有听见任何人的声音。

那艘鱼雷艇降低机器运转速度,保持合适的位置,从四周的舷栏杆用系船缆绳把在水里漂浮的活人和死人打捞上来。唯一的一只摩托艇被冻住了,而且马达也发动不起来,所以无法用于营救工作。只有用缆绳来救人。大约有两百名幸存者就是以这种方式被救上船的。

第一批本来就为数不多的救生艇终于离开了那条慢慢下沉的船,在探照灯的光柱里驶向"雄狮号",这时,海浪越来越大,它们很难靠近。母亲就坐在一条救生艇里,她说:"一会儿,一股浪把俺们掀起来,可以从上往下看'雄狮号',一会儿,俺们被弄到下面,'雄狮号'在俺们头顶上……"

每次,只有当救生艇被掀到和鱼雷艇舷栏杆差不多的高度,大约也就几秒钟,才能够跳过去几个人。没有跳过去的人,就落在了两条船之间的大海里,很快就不见了踪影。母亲幸运地上了一艘只有七百六十八吨排水量的军舰,是一九三八年在挪威的一家造船厂下水的,当时被命名为"吉勒尔号",在挪威海军服役,一九四〇年,挪威被占领以后,被德国海军舰队作为战利品接收。

这艘有上述历史的护航军舰的两名水兵,刚把掉了鞋子的母亲从舷栏杆拉上去,母亲就感到阵痛又开始了,她被裹进一条毯子里,送进了正在值班的轮机长的船舱。

许上一个愿吧!我并不想推卸有人硬要强加给我的责任,但是我更愿意,不是被母亲生在"雄狮号"上,而是作为那个在船沉了七个小时之后被"VP-1703号"前卫船救上来的弃婴。这是发生在其他的救援船只到达之后,最先赶到的是"T-36号"鱼雷艇,然后是蒸汽船"格滕兰特号"和"哥廷根号",它们在波涛起伏的海浪中,在冰碴和冰块之间,救上来了为数不多的幸存者,也打捞上来许多漂在水面的死尸。

前卫船的船长在哥滕港收到了"雄狮号"的电台不断发出的紧急呼救信号,立刻率领他的这条早就可以报废的破船起航,找到的只是一具具尸体。但是,他下令不断地用船上的探照灯照射海面,最后光柱发现了一条上面好像没有人的救生艇。一级下士菲克上去,在一个成年妇女和一个未成年的姑娘的冻僵的尸体旁边,找到了一个冻得硬邦邦的羊毛毯包裹,带回"VP-1703号"之后,弄开最外面的一层冰,然后解开包裹,里面是一个婴儿,我真希望自己就是这个婴儿,这个没有父母的弃婴是"威廉·古斯特洛夫号"的最后一个获救者。

这天夜里偶然在前卫船上值班的中校军医摸了摸婴儿微弱的脉搏,然后开始抢救,他大胆地注射了一针强心剂,不懈地努力,直到这个孩子睁开了眼睛,是一个男孩。他估计这个婴儿大约十一个月,他把所有重要的细节：没有姓名、来历不明、估计年龄、获救的日期和时间、救他的人的姓名和军衔——登记在一张临时出生证书上面。

这也完全适合于我：不是像事实那样，出生在一月三十日，而是出生在一九四四年的二月底三月初，在任何一个东普鲁士的乡村，在一个无法确认的日子，是由一个不认识的母亲和一个不存在的父亲所生，由把我救上来的一级下士维尔纳·菲克收养，他利用下一次上岸的机会，在斯维纳明德，将我交给他的妻子抚养。战争结束之后，我和除了我以外没有其他孩子的养父养母，先是住在英国占领区，然后又搬到被炸毁的汉堡。一年以后，我们在菲克的家乡罗斯托克找到了一套住房，这里是苏联占领区，同样也被炸得面目全非。从此，我虽然是和我的与母亲绑在一起的生平平行地长大，所有的事，比如少年先锋队摇小旗，德国自由青年联盟的游行，也都参加过，但却是由菲克一家悉心照料的。我可能更愿意这样。我作为一个就连身上的尿布都不愿意透露一点儿身世秘密的弃儿，被父母宠着，在一个水泥板楼里长大，名字叫彼得，而不是叫保尔，在大学里学的是造船，后来进了罗斯托克的火神造船厂，作为设计师一直到两德统一都有一个有保障的职位，在获救五十年之后，作为提前退休者独自一人或者和上了年纪的养父养母一起，参加了在波罗的海达姆普浴场举行的幸存者聚会，当年的弃儿受到了所有聚会参加者的欢迎，还被请上了讲台，

不知是谁，我觉得是那个该死的天意，反对这种安排。封死了任何逃走的路。不允许作为没有名字的弃儿幸存下来。正如航行日志记载的那样，即将分娩的乌尔苏拉·波克里弗克小姐，在船位有利的时候，被接上了"雄狮号"鱼雷艇。甚至连时间也都记了下来：二十二点零五分。当死神继续在波涛汹涌的海上，在"古斯特洛夫号"船舱里面，横行肆虐的时候，没有任何东西能阻碍母亲的分娩。

这里必须有所限制：我的出生并不是独一无二的。"生与死"的咏叹调有好几个诗节。因为，事先和事后，都有孩子出生，比如在

"T-36号"鱼雷艇和很迟才赶到的"哥廷根号"蒸汽船上,后者是北德船务公司的一艘六千吨的船,它在东普鲁士的皮劳港口搭载了二千五百名伤员和一千多个难民,其中有差不多一百个婴儿。在航行途中,又有五个孩子出生,最后一个就出生在这艘有护卫军舰护航的船到达出事地点之前不久,此后,这里满目尸体,再也不可能被呼救声唤醒。在完全沉没的那一刻,即被鱼雷击中之后,过了六十二分钟,我是唯一一个从洞里钻出来的。

"就是在'古斯特洛夫号'沉下去的那一分钟。"这是母亲的说法,要是我说,就是:"威廉·古斯特洛夫号"先是船头下沉,紧接着是船体严重向左舷倾斜,最后彻底翻了过去,所有上甲板的人都滑倒了,掉进了波涛汹涌的大海,还有那些堆放在一起的救生筏子以及所有失去支撑的东西,就在这一秒钟,好像从什么地方下达了一道命令,自从被鱼雷击中就熄灭了的船舱里面的灯又都突然亮了,甚至包括甲板上的灯,就像和平时期和 KdF 时期那样,给每一个长着眼睛的人提供了再看最后一次节日灯火的机会。据说就是在这个一切都归于结束的时刻,我在轮机长的那个窄小的船舱里顺利出生了。头先出来,没有遇到麻烦,母亲说:"啥感觉都没有。就这么简单地滑了出来……"

她对船舱外面发生的一切毫无所知,既没有看见船在倾覆下沉时的节日灯火,也没有看见一串串卷成团的人群从最后耸立在水面的船尾跌落下去。根据母亲的回忆,据说我的第一声哭声盖过了那个由上千人的声音汇合在一起的呼喊,这些最后的呼喊来自四面八方:从正在下沉的船体深处,从爆裂的游步甲板,从浪涛拍打的日光甲板,从迅速消失的船尾,从波浪起伏的海面。数以千计的人,活着的或者死了的,穿着救生衣,漂浮在海面上。从载员不足或者严重超载的救生艇,从挤得满满的时而被掀到波峰时而又被推到浪谷的救生筏子,从四面八方传来这些汇合在一起的呼喊,它与突然拉响的,但又突然停止的汽笛声交织成了一曲令人恐怖的二声部合唱。集体发出的最后呼喊,闻所未闻的最后呼喊,对此,母亲过去和现在总是说:"俺的耳朵里再也摆脱不了这些呼喊……"

在此之后,一片寂静,据说只有我的哭声。刚一剪断脐带,我就安静下来了。艇长作为沉船的见证人按照规定在航行日志上记下了时间,此后,鱼雷艇的水兵们又开始在海上寻找幸存者。

但是,这一切都不是真的。母亲在说谎。我敢肯定,我不是生在"雄狮号"上的……因为时间……因为当第二枚鱼雷……在第一次阵痛时,里希特大夫没有打针,而是立刻开始接生……非常顺利。生在倾斜的、开始滑动的木板床上。一切都是倾斜的,当我……只是很可惜,里希特大夫没有时间来亲笔填写出生证书:出生日期,在某某船上,准确的时间……不是在一艘鱼雷艇上,而是在那条该死的船上,我被生了出来,头先出来,胎位稍有不正,这条船以烈士命名,下水,先是漆成耀眼的白色,深受欢迎,力量来自欢乐,没有等级差别,受到三重诅咒,严重超载,漆成军灰色,被鱼雷击中,此时正慢慢下沉。母亲带着剪掉了脐带、裹在船用羊毛毯里的婴儿,在里希特大夫和黑尔加护士的搀扶下,上了救生艇。

但是,她不愿意在"古斯特洛夫号"上分娩,编造了两个水兵在轮机长的船舱里为我剪断脐带的谎言。据说的确是有一个大夫,但是在那个时间他还没有上鱼雷艇。甚至母亲自己,平时什么都知道得很确切,唯独此事却吞吞吐吐,支支吾吾,除了说"两个水兵"和"大夫叔叔在'古斯特洛夫号'上给俺打了一针"之外,还激活了另外一个接生助手:据说是"雄狮号"的艇长保尔·普吕弗为我剪断了脐带。

我不可能对自己出生的说法提供证明,我承认,也只是一种说法而已,因此我还是认可海因茨·舍恩提供的事实吧,里希特大夫在午夜之后被接上了鱼雷艇。他先是接生了另外一个孩子。但是,可以肯定的是,这位"古斯特洛夫号"的船医是事后才补开了我的出生证明,填的日期是一九四五年一月三十日,没有填写准确的时间。我的名字还要感谢普吕弗艇长。母亲坚持要我叫保尔,"跟'雄狮号'艇长的名字一样"，而且不可避免地要加上波克里弗克这个姓。因为名和姓都是以 P 开头，所以，后来学校或者德国自由青年联盟的男孩们，也包括我熟悉的记者们，都叫我"PP"，我也用 P.P. 作为我的文章的署名。

另外，在我出生之后两个小时，也就是一月三十一日，一个男孩在"雄狮号"鱼雷艇上出生，根据他母亲的愿望，自然而然地叫了"利奥"，意思是狮子，也是为了记住救了他的这艘鱼雷艇。

关于这一切，诸如我的出生，这些船上谁谁谁提供过帮助，在互联网上没有任何争议，在我儿子的网页上，保尔·波克里弗克的名字甚至就连缩写也没有出现过。对于所有涉及我的，更是压根就没提过。我儿子把我给省略掉了。在网上，我是不存在的。然而，另外一艘船在海难发生时或者稍迟几分钟，由"T-36 号"鱼雷艇护航到达出事地点的，就是"希佩尔海军上将号"重型巡洋舰，在康拉德和他的那个自称大卫的对手之间引起了一场后来波及全球的争吵。

事实是，"希佩尔海军上将号"同样是满载难民和伤员，只是短暂停了一下，然后就扭头朝目的港基尔的方向驶去。康尼装出一副海军专家的样子，把护航军舰发出的有潜艇袭击危险的警告看成是重型巡洋舰立刻离开的充分理由，而大卫则提出反对："希佩尔海军上将号"至少应该放下几条摩托艇，用于抢救工作。除此以外，由于这艘万吨轮在离出事现场很近的地方掉头，许多在海上搏斗的人被卷进了船尾排水的旋涡，有不少人被螺旋桨绞成了肉泥。

我儿子却装出知道得很清楚的样子，声称为"希佩尔海军上将号"护航的"T-36 号"的探测仪不仅发现了潜艇，而且还避开了两枚发射过来的鱼雷。但是，大卫证明，就好像他当时在水下似的，那艘战功卓著的苏联潜艇是如何应对的，它动都没有动，就连潜望镜也没有升出去，根本就没有发射过鱼雷，然而许多穿着救生衣在水面呼喊救命的人，却被"T-36 号"扔下的深水炸弹产生的爆炸波撕得粉碎。作为悲剧的尾声，又发生了一次血腥事件。

这样就在互联网上开始了一场自由的全面交流。国内外的各种声音混合在一起。有一张帖子甚至来自阿拉斯加。这条被遗忘很久的沉船一下子变成了热门话题。我儿子的网页以那个就像是现在发出的呼喊"'古斯特洛夫号'正在下沉!",给全世界打开了一个视窗,正如大卫在网上所说的那样,引起了一场"长期以来被耽误了的讨论"。的确如此!每一个人现在都应该知道一九四五年一月三十日在施托尔普邦克发生了什么,并且加以评论。网主扫描了一张波罗的海地图,巧妙而又形象地展示了所有通向出事地点的航行路线。

可惜的是,在这场蔓延全球的网上聊天快要结束的时候,康尼的对手仍然不肯放弃提醒人们想起这个该死的日子的其他含义以及使这条沉船得以冠名的那个人,他赞扬医学院学生大卫·法兰克福特对党员干部威廉·古斯特洛夫的谋杀,是"一次一方面对遗孀是非常抱歉的,但另一方面——鉴于犹太民族的苦难——又是非常必要的和具有远见的行动",他还赞扬一艘小小的潜艇击沉了这条大船是"大卫与歌利亚之间永恒的搏斗"的继续。他越来越激动,将类似"遗传的负担"和"赎罪的戒律"的字眼也放进了网络空间。他称赞"S-13号"的那位射击准确的指挥官是开枪行刺的医学院学生的令人尊敬的接班人:"绝不应该忘记马林涅斯科的勇气和法兰克福特的英雄事迹!"

在聊天室里,顿时爆发了仇恨。"犹太无赖"和"奥斯威辛的骗子",是最温和的骂人字眼。随着沉船事件成为热门话题,长期潜入地下的战斗口号"犹大,去死吧!"也出现在现实生活的数字显示屏上:仇恨泛起了泡沫,仇恨形成了旋涡。我的天啊!到底聚集了多少仇恨,每一天都在增长,催促着要采取行动。

我儿子却在观望,最多就是客客气气地问一声:"大卫,你说,你会不会有犹太血统?"回答是含糊不清的:"我亲爱的威廉,如果你开心或者能够对你有帮助,如果下次有机会,你可以尽管把我送进毒气室。"

第 七 章

鬼知道,是谁把母亲的肚子搞大的。有人说是她的表兄在朗富尔的埃尔森大街那个黑洞洞的木板棚里搞的,也有人说是驻扎在皇帝港附近的高炮连的一个防空助手,"那里可以望见白骨山",还有一个中士,据说他在性交时总是把牙齿咬得咯咯响。我觉得,不管谁操她,都是她主动送上门的:出生和长大都没有父亲,却是为了在什么时候自己成为父亲。

毕竟还有某人,和我母亲年龄相仿,他声称与当年的图拉有过一面之交,他像是恩人似的,提纲挈领地对我讲述了我的歪歪斜斜的存在。他说:虽然面对儿子显得是个失败者,但是如果我觉得有必要,也可以把我的出生的心灵创伤视为父亲无能的情有可原的原因。当然,面对所有私下的推测,实际发生的事情必须置于突出的位置。

非常感谢!不用解释。我总是讨厌那些总结性的评语。点到为止:鄙人的存在完全是偶然的,因为当我在隔壁的船舱里出生,我的第一声哭声与那些对于母亲来说永无止境的呼喊交织在一起的时候,在普吕弗艇长的船舱里,还躺着三个冻僵了的婴儿,上面盖着一块布。据说后来又增加了一些,全是冻得发紫的。

万吨级排水量的"希佩尔海军上将号"重型巡洋舰掉转船头,将死人和活人都绞得粉身碎骨,卷起的旋涡将一切清理干净之后,人们又继续开始搜寻。除了这两艘鱼雷艇,又陆续来了一些船只协助,有几艘蒸汽船、几艘扫雷艇和一艘驱逐舰,最后赶到的是"VP-1703号",它救上来了那个弃儿。

在此之后,就再也没有任何动静了。捞上来的都是尸体。孩子们全是腿朝上。最后,大海在埋葬了无数人之后平静下来。

我要是现在说出数字,肯定是不准确的。一切都是大致估计。再说,数字也不能说明多少问题。这些带有许多个〇的数字,是令人难以置信的。从原则上来说,它们是自相矛盾的。几十年来,不仅仅是"古斯特洛夫号"上的人数始终上下波动,在六千六百人和一万零六百人之间,而且幸存者的人数也不得不一而再再而三地更正,开始是九百人,最后上升到一千二百三十九人。这就产生了一个并不指望得到答案的问题:多一条生命或者少一条生命究竟有何价值?

可以肯定的是,死者绝大多数是妇女和孩子。获救的男人占了令人难堪的明显多数,包括船上的四位船长。彼德森首先就只为自己着想,战后不久就去世了。察恩只不过失去了他的那条狼狗哈桑,在和平时期当了商人。粗略估计,有五千名孩子淹死、冻死、在船上的楼梯上被踩死,与这个数字相比,在这场灾难发生前后记录的新生儿,其中也包括我本人,是无足轻重的。我完全不值一提。

绝大多数幸存者都被用船送到了吕根岛的萨斯尼茨、科尔贝格和斯维内明德。不少人死在途中。有一些活着的人不得不和死者一起又返回了哥滕港,那里还有许多活着的人等待着难民船来运送。自从二月底以来,围绕着但泽展开了激战,房屋都被烧光了,逃难的人流堵塞了停泊着蒸汽船、平底船、渔船的大小码头。

"雄狮号"鱼雷艇在一月三十一日凌晨抵达科尔贝格的港口。与母亲和她的名叫保尔的婴儿一起下船的还有海因茨·科勒。他是这条沉船上的四位吵得不可开交的船长之一,他在战争刚刚结束之后,就为自己的生命画上了句号。

身体虚弱的,有病的,以及所有脚冻伤的,都被救护车运走了。母亲把自己归在可以自己走的人里面,这是她的典型作风。每次提起她的这个没完没了的故事中有关第一次上岸的情节,她总是说:"俺的脚上,就穿着袜子,后来有一位老奶奶,从箱子里拿出一双鞋子,送给了俺,她也是逃难的,坐在路边的一辆手推车上,她不知道,俺们是从哪儿来的,俺们都吃了多少苦……"

可能的确是这样。这条曾经备受欢迎的 KdF 轮船的沉没,当时在纳粹德国并没有公布。这种消息肯定会有损于坚持抵抗的士气。只有一些传闻。但是,苏联的总司令部肯定也有理由,没有在红旗舰队的每日简报上公布"S-13 号"潜艇及其指挥官的战绩。

也就是说,亚历山大·马林涅斯科返回土尔库港之后非常失望,因为人们并没有理所当然地把他当成英雄来欢迎,尽管他在接下来的敌后航行中又用两枚鱼雷击沉了另外一艘船,即从前的远洋轮船"封·施托伊本将军号"。那是在二月十日,是从尾部发射管发射的。这艘一万五千吨的轮船是从皮劳开出的,满载上千名难民和两千多名伤员,又是这种凑成整数的数字,在七分钟之内,全船沉没。幸免于难的约莫有三百人。有一部分重伤员一个挨着一个地躺在这条迅速下沉的船的上甲板上。他们连同他们躺着的木板床一起滑了下去。马林涅斯科通过潜望镜观察,指挥了这次从适合作战的潜水深度发动的攻击。

在这位立下两次战功的指挥官率领潜艇返回基地港口之后,波罗的海红旗舰队总司令部对是否命名他为"苏联英雄"犹豫不决,而且一直犹豫了下去。这位艇长和他的部下徒劳地等待着传统的庆功宴会,一只烧全猪,许多伏特加,在此期间,战争继续在各条战线展开,而且在波莫瑞战线逐渐接近了科尔贝格。母亲和我,先是被安置在一所学校里,关于这所学校,她后来用朗富尔方言对我说:"至少里面很暖和。一张带翻板的课桌成了你的摇篮。俺心想,俺的小保尔这么早就开始用功学习了……"

当学校遭到盟军轰炸没法继续居住之后,我们住到了一个防弹掩体里。科尔贝格作为城市和要塞,在历史上都很有名气。在拿破仑时期,就从大大小小的堡垒进行过抵抗,因此在纳粹宣传部的催促下拍摄了一部片名叫《科尔贝格》的宣传坚持抵抗的影片,由海因里希·格奥尔格主演,参加演出的还有许多乌发电影公司的大牌明星。这部彩色影片当时在纳粹德国所有尚未被炸毁的电影院放映,用英雄主义精神来抵抗军事优势。

二月底，科尔贝格的历史再次重演。城市、港口、海滨浴场，很快就被苏联红军的部队和波兰军队的一个师团团包围。在炮火中，开始通过海路运走市民和挤满了这个城市的难民。所有的码头都是人山人海。然而母亲拒绝在任何情况下再次上船。她说："就是拿棍子打，俺也不上船……"要是有人问起她当时是如何带着婴儿逃出那个被围困的、火光冲天的城市，她的回答是："咳，总会有漏洞的嘛。"不管怎么样，母亲后来再也没有坐过船，即使是工作单位组织的在什未林湖上的郊游活动。

三月中旬，她背着一个背包和我，穿过了一个个苏军阵地。也可能是，苏军哨兵对这个带着婴儿的年轻女人抱有同情心，所以网开一面，让我们过去了。要是我来描绘一下作为婴儿再度逃难的自己，只有一部分是确确实实的：母亲的乳房里什么也挤不出来。奶水就是不肯出来。在鱼雷艇上，是一位来自东普鲁士的产妇帮的忙，她的奶水过多，然后是一位在途中失去了自己孩子的母亲。在后来漫长的逃难途中，我始终是喝着别的女人的奶。

在这段时间里，波莫瑞海岸线上的所有城市要么是被敌人占领了，要么就是遭到破坏：什切青被包围了，斯维内明德还在坚守。东边的但泽、措波特、哥滕港相继陷落。苏联第二集团军的部队在普奇克附近封锁了赫拉半岛通向海边的道路，再向西，在奥得河畔，围绕着居斯特林展开了激战。大德意志帝国正在全面收缩。在莱茵河与摩泽尔河交汇的地方，科布伦茨落入了美国人之手。雷马根大桥终于被炸断。在东部战线，"中部集团军"不断报来在西里西亚前线阵地失守以及布雷斯劳要塞局势越来越紧张的消息。另外，美国和英国轰炸机编队也没有停止对大中型城市的轰炸。当英国的哈里斯空军元帅高兴地看到德累斯顿的废墟还在燃烧的时候，炸弹已经投向了柏林、雷根斯堡、波鸿、乌珀塔尔……水库大坝多次成为轰炸目标。到处都是难民，匆匆忙忙地从东部逃往西部，他们不知道该在哪儿停下来。

母亲也没有固定的目的地,她带着我这个她最重要的行李,从科尔贝格逃了出来,在前线阵地之间穿来穿去,因为没有奶喝,我不停地又哭又闹,夜里搭上货车或者德国军队的敞篷车向前走一段路,但经常还是夹在行李越来越少的人群中步行,她不停地走啊走啊,遇到飞机低空飞行扫射的时候,少不了要往地上趴,总想着要离海边远一点儿,始终在找奶水过剩的母亲,就这样来到了什未林。她对我讲起她的逃难路线,总是一会儿这样,一会儿那样。其实她想继续走下去,越过易北河,向西,但是,我们在纳粹德国的梅克伦堡大区的这座没有被炸毁的首府待了下来。那是在四月底,当时元首自我了断了。

　　后来,当了木工学徒,周围全是男人,他们问起她逃难的路线,母亲就说:"俺可以写小说。最糟糕的是,飞机就在俺们的头顶上低空飞过,哒哒哒地扫射……运气总是不错。要俺说,野草是死不绝的。"

　　然后开始她的真正的主题,那条一直还在下沉的船。其他任何事情都不重要。即使是我们下一个临时住所——也是一所学校——非常狭小,对母亲来说也不足以抱怨,特别是因为她在此期间得知,她和她的小保尔避难的这个城市,恰恰就是那条沉船在和平时期按照他的名字命名的那个人的出生地。到处都是他的名字。甚至就连人们安排我们住的那所中学,也是以他的名字命名的。在我们来到什未林的时候,无论往哪儿看,他的名字总是无所不在。在湖的南岸仍然矗立着那个完好无缺、用漂砾组成的纪念碑林,那座高大的花岗岩就是在一九三七年为了纪念这位烈士安放在这里的。我敢肯定,母亲正是由于这个原因才带着我留在了什未林。

　　值得说明的是,这条船的沉没被重新展示了一遍,而且就像是刚刚发生的,所有死亡者都按照计算方法点数、估计、推算,然后与幸存者的数字加以比较,最后再把它与死亡人数要少得多的"泰坦尼克号"进行对比,在互联网上的那几个我出于习惯总要看的网页,有一段时间是风平浪静的。我以为,是他的系统出了毛病,泄气了,我儿子厌烦了,就好像母亲有关这条沉船的说教,完全是多余的。然而,平静是伪装出来的。他突然以全新的网页介绍了他的人们早已所知的服务项目。

这一次是以图片为主。相当多的都是泛着灰色的,加上了粗体字的评语,全世界都可以看见那块高耸的花岗岩,可以辨认出用鲁内文凿出来的那个烈士的名字。另外还用了一行行数据、组合效果以及强调性的惊叹号,突出了这个人的重要性,直到他在达沃斯肺病疗养区遭到谋杀的那一天甚至那一个小时,都作为资料放在了不断滚动的程序里。

就像是按照命令或者受到其他的压力,大卫又开始发言。起初谈论的话题并不是那块纪念碑,而是谋杀烈士的凶手。大卫得意扬扬地宣布,一九四五年三月,发生了一件有利于坐了九年牢的大卫·法兰克福特的事。在争取上诉复审的尝试均告失败之后,伯尔尼的布隆施维格律师和拉斯律师向格劳宾登州参议院递交了一份赦免申请。我儿子的对手必须承认,赦免十八年徒刑剩余刑期的要求,一直到一九四五年六月一日,也就是在战后,才得到了满足。人们必须等待,直到瑞士的那个强大的邻国趴在地上,彻底死去。大卫·法兰克福特从森霍夫监狱获释后要被驱逐出境,所以他决定立刻就去巴勒斯坦,就像是一根离开了织布机的纺线,希望能有一个未来的以色列。

对于这个问题,两个顽强的网上斗士之间并没有多少争议。康尼大度地表示:"去以色列,很好。犹太杀人犯就应该去那儿。也许在那里会派上用场,在基布茨或者其他什么地方。"他一点儿也不反对以色列,甚至很赞赏它的颇有战斗力的军队。他完全赞成以色列坚决果断地显示强硬态度。他们没有其他的选择。对于巴勒斯坦人以及相似的穆斯林,不应该作出丝毫让步。显然,要是所有的犹太人,都像当年的犹太杀人犯法兰克福特那样,滚到迦南去,他觉得很正常,"那样的话,世界的其他地方就终于没有犹太人了!"

大卫竟然接受了这种荒谬论调,他甚至认为我儿子的话从原则上来说是对的。他显然有些担心:有关生活在德国的犹太公民的安全问题,他也是其中的一员,反犹太势力发展迅猛,必须考虑到最坏的情况。人们不得不再次考虑流亡的问题。"我大概不久也要打点行装……"康尼接着就是一句"旅途愉快",然后间接地暗示,要是有机会在动身之前与他的既是朋友又是敌人的大卫碰碰面——不仅仅是在网上,他将会感到很愉快:"我们应该认识认识,闻闻对方的味道,尽可能早一些……"

　　他甚至建议了碰头地点,但是没有确定希望见面的时间。就在那个曾经有个纪念碑林、里面矗立着那块花岗岩的地方,如今没有任何东西还能让人想到那位烈士,因为毁墓的人早已清除了花岗岩和纪念堂,就在那里,不久的将来,必须再竖立一个纪念碑,他们应该在那个有历史意义的地方碰头。

　　立刻又开始争吵。大卫虽然同意在某个地方碰面,但是反对在那个该诅咒的地点。"我对你的这种修正的历史相对主义表示坚决反对……"我儿子也给予同样的回击:"忘掉自己民族历史的人,就不配这个民族!"大卫表示赞同。接下来只有一些无聊的话,甚至还开了几个笑话。有一个是"在 E-Mail 和 Emil 之间有什么区别?"可惜没有任何噱头。提前退出了聊天室。

　　我去过那儿许多次。最后一次是在几个星期之前,就好像我是凶手,就好像我不得不一而再再而三地回到作案现场,就好像父亲在尾随跟踪儿子。

　　在莫尔恩,嘉碧和我都无话要说,我离开那里驱车去拉策堡。从那里又经过穆斯廷,在这个小村庄的后面,从前是设有死亡地带的边界,朝东边去的公路也曾经全部被堵死。公路两边种着栗子树的旧的绿化带,仍然还有整整三百米的隔断:左右两边没有一棵树。可以感觉到,那个工人和农民的国家是多么努力地分这么多等级来保障它的人民的安全。

当我把这段历史遗留的林中空地甩到后面不久,在重新种了树木的公路两边,梅克伦堡的宽阔平坦的农田一直伸展到天际。几乎没有山坡,森林也很少。在加德布施之前,我拐上了新修的那条匝道。经过许多建筑材料市场、购物中心、卖汽车商人的平顶建筑,耷拉着挂在杆子上的旗帜试图振兴经济。荒芜的东部! 快要到什末林的时候,地势才开始有些起伏,公路两边有一些刚刚长出来的小树。我行驶在比较大的树林之间,听着第三台的古典音乐节目。

我朝右拐上方向是路德维希路斯特的一〇六号公路,很快就到了分成若干小区的大德雷施高层水泥板建筑居民区,这里曾经住着五万名东德公民,我把马自达轿车停在第三小区,紧靠着列宁纪念碑的一个拐弯处,这里是加加宁街的末端。天气没有变化。没有下雨。居民楼是一排排的,在这期间已经维修过了,刷上了淡而柔和的色彩,看上去挺漂亮的。

每次来看望母亲,我总是很惊奇,这个由一位爱沙尼亚的雕塑师创作的高大的铜像怎么一直还立在那里。虽然列宁的目光是朝着西方的,但是他没有任何指明方向的动作。两手插在大衣口袋里,像一个散步的人在稍作休息,他站在很低的基座上,基座左边的一角是铜铸的,下面一层是花岗岩的。那句铸上去的大写字母铭文让人想起一个革命的决议:"土地法"。正面,在列宁的大衣上可以看出色彩的痕迹,是一句喷上去的已经看不清楚的话。肩膀上有一点儿鸽屎。他的裤子有些皱褶,但是干干净净。

我没有在加加宁街停留很长时间。母亲住在十层,带阳台,可以看见不远处的电视塔。她坚持给我沏了一杯咖啡,但是太浓。母亲说,水泥板建筑居民区经过维修之后提高了租金,但还是可以承受的。我们谈论的仅限于这些。其他也没有什么好说的。她也不想知道,除了来看看她之外,是什么原因让我来到这个多湖的城市:"肯定不是为了元首的生日!"我去的日期可以让人猜测出目的,我刚一进门,就立刻听见了她的评论:"你想干啥? 这会儿已经没有用了。"我本来想看一眼康尼的房间,也只好作罢。

我开车穿过汉堡大街,从前叫列宁大街,朝动物园方向开,然后再顺着魔女山一直向前,把车停在青年旅馆旁边,我像是在梦中,准确无误地找到了那个地方。在这座五十年代早期的灰色建筑的后面,什未林湖畔树木成荫的南岸十分陡峭。可以看见下面的那条临近水边的法国人小道,这是徒步和骑自行车的人都很喜欢的地方。

　　这是一个晴朗的日子,并不是典型的四月天。太阳一出来,就开始感到暖和了。离青年旅馆的入口有一点距离,一些长着苔藓的花岗岩碎块,依旧一动不动地躺在那里,似乎这里什么也没有发生过,这是几十年前匆匆忙忙清除纪念碑林时遗留下来的。在当时种下的树之间,长出了一些枝干很细的野生植物。因为只是浅浅地盖上了一层土,所以纪念堂的正方形基座很明显地突了出来,可以隐约揣摩出纪念堂的轮廓,尽管矗立在正面的青年旅馆妨碍了人们的想象力。在青年旅馆入口的上方,可以看见凸出来的名字——库尔特·比尔格,入口的左侧,有一张乒乓球台,张着网,等待着一场比赛,入口的门上稍微有些斜地挂着一个牌子:"九点至十六点关门"。

　　我在长着苔藓的花岗岩碎块中间站立了很久,其中有一块上面甚至保留着一些残余文字和一个凿出来的鲁内文标记。这是哪一个世纪的发掘物?

　　当母亲和我在什未林找到避难处的时候,这里还都很齐全:一块漂砾挨着一块漂砾,纪念堂的纳粹建筑,凿着烈士名字的高大花岗岩纪念碑。母亲看到这个纪念场所的时候,已经维护不善,但是毕竟还在那个从边缘开始破碎的党的照管之下。她对我说,她是在捡柴火的时候来到这里的,当时,橡树和山毛榉都还很矮,"咳,政府分派俺们住的地方,没有烧炉子的东西……"和她一起捡柴火的还有许多妇女儿童。

　　五月三日,美国人首先从易北河桥头东南方向的波伊岑堡开着坦克冲进什未林,紧随其后的是英国人,"是真正的苏格兰人……"。在此之前,我们就从学校的地窖搬到了雷姆街,在这个芦苇城,当战争快要结束的时候,很多地方都需要修缮。我们被强迫住进了一个盖着油毛毡的砖房,当然是在一个后院里。那个像盒子似的房子,现在还在那里。是带厨房的两间房间,厕所在院子里。人们甚至给了我们一个小圆铁炉。烟囱从厨房的窗户通到外面。母亲在一块盖东西的板子上做饭,为了往炉子里面填东西,她不得不跑很远的路去捡柴火。

她就这样来到了纪念碑林。六月,英国人撤走了,苏联红军来了,并且长期待了下来,在很长时间里,那些凿着名字和鲁内文的漂砾还一直立在那里。俄国人不关心这些东西。

这是几个战胜国在波茨坦会议约定的:我们定居在了苏联占领区,自从母亲在湖岸边的一块大石头上发现了一个她绝不会认错的名字之后,她甚至是自愿留在了那里。“石头上写着和俺们的‘古斯特洛夫号’一样的名字……”

我前一次去什末林的时候,站在长着苔藓的花岗岩碎块中间,面对一块被劈成两半的漂砾,从凿出来的残余文字——只有名字中的四个字母——猜测出威廉·达尔的名字,我禁不住地去想象母亲当年捡柴火时的情景,背着一捆树枝干柴,看着这个未受破坏的纪念碑林和敞开式的纪念堂,她该是何种心情。漂砾排列整齐,差不多够上一打,她辨认着那些她并不认识但显然是功勋卓著的党员同志的名字,在这些名字中间,有维斯马的县长威廉·达尔。我仿佛看见她惊奇地站在高达四米的花岗岩前面,又瘦又小的身材,但是我不可能猜出她当时在想什么,当她读到烈士纪念碑上的碑文时,她的思想可能完全乱了。我了解母亲,她不会害怕走进纪念碑林中间的那个纪念堂的。

纪念堂建在平地上,用的全是花岗岩的长方石。几根立柱从四个方向支撑着纪念堂,立柱表面磨得非常光滑,上面是由当时的一位艺术家雕刻的比真人要大的冲锋队旗手的轮廓像。在这个无顶的纪念堂的里面,还有十块青铜铸成的纪念牌,上面是死者的姓名。在死亡日期后面注明了死亡原因,据说有八个是“被谋杀”。纪念堂的地面很脏。我从母亲那里得知："狗都在那里拉屎撒尿……"

威廉·古斯特洛夫的花岗岩纪念碑没有和排列整齐的漂砾在一起，而是在另外一个地方，从敞开式的纪念堂看过去，完全是一个特殊的位置。从那里看湖面，视野很开阔。母亲可能是朝着另外一个方向看。我从来没有一起去捡过柴火。她去捡可以烧的东西期间，我正在雷姆街吸着一位邻居妇女的奶，她是库尔普容太太。母亲几乎没有乳房，后来仍然是这样，只有两个尖尖的小奶头。

纪念碑大都如此。有些建造得时间太早，一旦这个特定的英雄主义时期过去，就被拆除了。其他的，比如大德雷施区汉堡大街和普拉特大街交会路口的那个列宁纪念碑，还一直立在那里。"S–13号"潜艇指挥官的纪念碑，是差不多十年前，即一九九〇年五月八日，在战争结束四十五周年暨马林涅斯科去世二十七周年之后，才在列宁格勒，即现在的圣彼得堡，竖立起来的：在三角形的花岗岩支柱上，立着这座比真人要大的脱帽青铜半身塑像，这个人后来被追认为"苏联英雄"。

当年的海军军官，在这期间都陆续退休了，他们在敖德萨、莫斯科和其他地方成立了几个委员会，坚持不懈地要求为这位在一九六三年去世的舰艇指挥官追授荣誉称号。在柯尼斯堡，战后改名为加里宁格勒，甚至就连地区博物馆后面的那一段普雷格河的河岸都是以他的名字命名的。这条街现在仍然叫这个名字，而什未林的皇宫花园大街，在一九三七年被改为威廉·古斯特洛夫大街，现在又恢复了旧街名，一直通到当年的纪念碑林附近；自从两德统一之后，列宁大街改名为汉堡大街，从继续顽强地立在那里的纪念碑前经过，贯穿着大德雷施区水泥板建筑居民区。只有母亲的地址仍然一直不变，那是纪念宇航员加加宁的。

有一个漏洞引起了注意。没有任何东西是以那个医学院学生大卫·法兰克福特命名的。没有一条街道，也没有一所小学，用他的名字命名。没有任何地方，为这个谋杀威廉·古斯特洛夫的人建立一座纪念碑。没有一张网页呼吁铸造一座大卫和歌利亚的雕塑，比如说在事发地点达沃斯。假如我儿子的那个既是敌人又是朋友的人在网上提出这个要求，那么在那些发泄仇恨的网页上肯定就会宣布将由一支光头特别行动队去将它拆除。

历来就是这样。任何东西都不会永远存在。国社党什未林市党部的领导和什未林的市长，在古斯特洛夫被谋杀之后，为建造这个永久性的纪念碑林，立刻就投入很多精力。早在一九三六年十二月，在瑞士的库尔刚刚结束对法兰克福特的审判，宣布了判决结果，在梅克伦堡的农田里就开始了寻找漂砾的行动，为的是能够用它们建造一道围墙，将纪念碑林围起来。在命令上写着："为此目的，需要所有在建筑施工时和在什未林的田地上找到的各种大小的天然石块……"州党部培训部负责人罗德的一封信里透露，州首府有义务从财政上对州党部予以支持，并且"补贴大约一万帝国马克"。

一九四九年九月十日，拆除纪念碑林和迁葬墓地基本结束，支出的费用要少一些，在去掉了纳粹标记的市长信笺上写着："提交给州政府要求报销的支出是六千零九十六点七五马克……"

信中还可以看到，"威廉·古斯特洛夫的残余尸骨"没有能够迁葬在市立公墓："根据石匠克吕佩林的陈述，G. 的骨灰坛在纪念碑的基座里。现在要将骨灰坛取出来是不可能的……"

这项工作是直到一九五〇年初才做的，是在建造青年旅馆之前不久，为了纪念不久前去世的反法西斯战士库尔特·比尔格，青年旅馆以他的名字命名。在这段时间，潜艇英雄马林涅斯科已经在西伯利亚待了三年。

"S-13 号"驶入芬兰港口土尔库之后，头一次上岸就给这个希望看到欢迎场面的人带来了困难。尽管内务部的案卷对他始终是一种威胁，他的违纪行为一直还没有在法庭受审，但是他却一刻不停地，在清醒的时候和被伏特加灌得失去常态的时候，要求对他的英雄事迹给予承认。虽然"S-13 号"被表彰为"红旗舰艇"，该艇的全体官兵胸前都挂上了"卫国战争勋章",他们还被授予"红旗勋章",上面的主题是红星、铁锤和镰刀,但是亚历山大·马林涅斯科却没有被授予"苏联英雄"的称号。更糟糕的是,在波罗的海红旗舰队的正式报告里,没有任何关于击沉那条一万五千吨的"威廉·古斯特洛夫号"的提示,也没有一句话证明"封·施托伊本将军号"的迅速下沉。

就好像,从这艘潜艇的船头发射管和船尾发射管射出去的只是模拟鱼雷,寻找的目标也是根本就不存在的,最后什么也没有击中。记在他账上的整整一万二千人死亡,根本不算数。难道是因为只有粗略估算出来的淹死的孩子、妇女、重伤员的数字,海军最高领导机构感到羞愧吗? 或许是因为马林涅斯科的功绩被战争最后几个月的频频捷报淹没了? 当时,英雄事迹层出不穷。他的又吵又闹的要求不可能听不见。什么也不能够阻拦他,利用任何可能出现的机会让人们重视他的战功。他变得令人讨厌。

一九四五年九月,他被撤掉了潜艇艇长的职务,很快又被降级为中尉,十月份,从苏联海军复员,对于这种连下三个台阶的不光彩的退役,理由是:"……由于对待工作的漠不关心、随随便便的态度。"

他向商船队求职遭到拒绝,理由是他有一只眼睛近视,此后,马林涅斯科找了一份仓库管理员的工作,管理发放建筑材料。没过多久,他指控联合企业的经理接受贿赂、向党的干部行贿、倒卖物资,但是证据不足。不久,人们怀疑他过于慷慨地发放只是轻微损坏的建筑材料,违反了有关法律。一份特别报告判处马林涅斯科三年劳动改造。

他被送到白令海边的科利马,那个地方是"古拉格群岛"的一部分,有人写过那里的生活。从时间上来看,直到斯大林去世两年以后,他才离开了西伯利亚,他回来的时候,浑身都是病。一直到了六十年代初,这位受到伤害的潜艇英雄才获得平反。他被重新授予三级艇长的军衔,从此享受退休待遇,有资格领取退休金。

我现在必须再回头啰唆几句。当东边和西边公布斯大林去世的消息时，我看见母亲在流泪。她甚至点燃了几根蜡烛。我当时八岁，站在厨房的桌子旁边，因为出麻疹或者身上长了什么非常痒的东西，所以不能去上学，我在剥土豆皮，准备就着人造黄油和凝乳一起吃，我看见，母亲在燃烧的蜡烛后面为斯大林的去世流了眼泪。土豆、蜡烛、眼泪都是当年缺少的东西。在雷姆街的童年时期，以及后来在什末林上中学的时候，我再也没有看见她哭过。母亲哭完了之后，又摆出一副与己无关的样子，眼珠向上翻着白眼，燕妮阿姨从小就熟悉这副神情。在朗富尔埃尔森大街的木匠铺，人们都说："图拉又在那里出神犯傻。"

为伟大的斯大林同志去世哭够了之后，很长时间脸上都没有任何表情，这时候，就像是预先准备好的，开始吃剥了皮的土豆、凝乳，而且还加了一勺人造黄油。

这段时间，母亲拿到了满师证书，很快当上什末林家具厂一个木工车间的领导，根据定额生产卧室的家具，按照各国人民友谊的原则奉命向苏联供货。她的形象当时可能就是这么模糊不清，仔细来看，母亲直到今天仍然是一个斯大林主义者，这是我在吵架时说的，即使她试图克制自己，矮化一些她的这位英雄："他也只不过就是一个人……"

这段时间，马林涅斯科仍然在领教西伯利亚的气候和苏联劳改营的生活，母亲保持对斯大林的忠诚，我加入了少年先锋队，为脖子上的红领巾倍感自豪，大卫·法兰克福特在监狱里治好了慢性骨髓化脓病，他作为公务员，在以色列国防部效力，在这期间，他结了婚，后来又有了两个孩子。

在这几年里还发生了一些事：黑德维希·古斯特洛夫，被谋杀的威廉·古斯特洛夫的遗孀，离开了什末林，从此以后住在两德边界西边的吕贝克。塞巴斯蒂安·巴赫街十四号的那栋缸砖房子，是他们夫妇在谋杀事件之前不久盖的，战后很快就被没收了。我在互联网上看见了这座结实的房子，典型的独门独院的单户住宅。我儿子在他的网页上一个劲地要求，应该把这栋被无理剥夺了的楼房设立成

"古斯特洛夫博物馆",并且对感兴趣的观众开放。人们对内行地展示信息的需求远远超出了什未林。就他而言,挂在阳台突出部分窗户左侧的一块铜牌,已经能够表明,从一九四五年到一九五一年,梅克伦堡的第一任州长,一个叫威廉·霍克的人,曾经在这栋被没收的房子里住过。他也不反对铜牌上的下面这句结束语:"……在打败了希特勒法西斯主义之后"。这是事实,如同那位烈士被谋杀是事实一样。

我儿子善于巧妙地安排大大小小的图片、表格以及资料。在他的网页上,不仅可以看到那块建在什未林湖南岸的高高耸立的花岗岩的正面,也可以看到它的反面。他花了很多工夫,在花岗岩全景照片的旁边,可以看见放大的铭文,它是刻在背面的,平时很难辨认。从上往下,共有三行字:"献身于运动——遭到犹太人谋杀——为了德国而死"。因为中间的那一行字不仅省略了凶手的名字,而且强调所有犹太人都是谋杀凶手,所以可以假设——后来也证明的确如此——康尼没有仅仅局限于历史上的大卫·法兰克福特这一个人,而是想表明他对"犹太人"的仇恨。

然而,这种解释以及对于动机的继续寻找,几乎无法澄清一九九七年四月二十日发生的事情。在这段时间关门、并且显然无人居住的青年旅馆前面发生了一些事情,虽然并非天意,然而却在从前的纪念堂的长着苔藓的基座上,就像是训练过似的,归于结束。

究竟是什么促使虚拟的大卫,应一个模糊的邀请,从老远的卡尔斯鲁厄,活蹦乱跳地坐火车来到了什未林?这个十八岁的中学生和他父母住在一起,是他们三个儿子中间最大的。把这种在互联网上产生的、实际上是虚构的既是朋友又是敌人的关系,通过真的见面移入现实生活,康尼究竟想做什么?见面的邀请,藏在他们平时交流的对话垃圾里,也只有这个被称为大卫的争吵伙伴才能看懂。

在青年旅馆作为见面地点遭到拒绝之后,他们双方都同意让步，约定在烈士出生的地方见面。在我儿子的网页上有一道智力竞赛问答题，既没有城市，也没有街道和门牌号码。然而，对于熟悉情况的人来说，提示一下就足够了。大卫和在网上自称是威廉的康尼一样，对这个该死的古斯特洛夫的故事的所有细节都了如指掌。在参观的过程中表明，他甚至知道威廉·古斯特洛夫一直上到初中毕业的那所高级文理中学，在他被谋杀后——这时只是普通中学——以他的名字命名，从东德时期以来，它叫和平中学。我儿子不仅很佩服他的对手的广博知识，而且还很欣赏他的"准确性的怪癖"。

在春天里最好的天气，他们在马丁大街二号的房子前面碰头，这里是维斯马大街的拐角。大卫默认了这个特别的日子。他们是在一堵不久前刚刚抹了灰泥的外墙前见了面，这堵墙使人忘记了长期以来破败不堪的样子。大卫朝又高又瘦的康拉德·波克里弗克迎了过来，自我介绍名叫大卫·施特雷姆普林，他们握手并互相问候。

按照康尼的建议，先在城里转一转。甚至就连雷姆街一个后院里的那个一直还立在那里的油毛毡顶的砖房，也在参观这个芦苇城的过程中，作为一处名胜古迹展示给来宾，战后的那几年，母亲和我就住在那里，还有坐落在富有诗情画意的地段的那些仍在衰败倾塌的和已经维修过的桁式建筑。康尼领着大卫看了所有我小的时候住过的地方和捉迷藏的地方，他一找一个准，就好像是他自己的亲身经历。

在看了圣尼古拉教堂的里里外外之后，当然就轮到了城堡岛上的城堡。他们有时间。我儿子也不着急。他还建议去看看旁边的博物馆，但是他的客人表示没有兴趣，他显得有些性急，想尽快亲眼去看看青年旅馆前面的那个地段。

在城里转的时候，他们休息了一会儿。在一家意大利冷饮店，每人吃了一大份冰激凌。康尼作为主人付了钱。据说，大卫·施特雷姆普林很友善地，但也带有嘲讽的口吻，谈到了他的父母，父亲是核物理学家,母亲是音乐老师。我可以打赌,我儿子绝对没有提他爸爸妈妈一个字,但是对他来说,隐隐约约地提起他祖母的幸存故事,肯定是很重要的。

然后,这两个个头不一样的既是敌人又是朋友的人,终于穿过了城堡花园,经过了磨坊,又走过了城堡花园林荫道,那些被粉刷成白色的花园别墅,使这里成为富人区,最后从森林学校路,接近了树荫遮蔽下的平坦的作案现场。起初并不紧张。大卫·施特雷姆普林赞扬这里可以很好地眺望湖面。要是青年旅馆前面的乒乓球桌上有球拍和球,也许就会来比赛一场。康尼和大卫都是痴迷的乒乓球爱好者,不会错过一个送上门来的机会。要是真的在网上快速打上一盘,有助于放松,下午也许就会是另外一种结果。

他们站在所谓的历史的地基上。甚至就连长着苔藓的花岗岩碎块和那块凿着鲁内文标志和残余姓氏的漂砾的基座,都不足以成为争吵的起因。两人甚至像二声部唱歌似的,为一只从一棵山毛榉跳到另一棵山毛榉的松鼠开怀大笑。他们站在当年的纪念堂的基座之上,我儿子向他的客人介绍,那个高大的纪念碑曾经立在什么地方,就在当时还没有建的青年旅馆的后面,然后他把视线停留在想象中的花岗岩上,说出了纪念碑正面上方的烈士名字,并且一句一句地背诵了刻在背面的那三行铭文,据说,大卫·施特雷姆普林当时说:"作为犹太人,我想不出其他的做法。"说完便朝着长满苔藓的基座吐了三口唾沫,也就是说,正像我儿子后来陈述的那样,"亵渎"了这个纪念圣地。

紧接着就开了枪。尽管天气晴朗,康尼还是穿了一件带风帽的半长大衣。他从右边的大口袋里抽出枪来,连开了四枪。是一把俄国造的制式手枪。第一发子弹击中了肚子,后面的三发击中了头部、颈部、头部。大卫·施特雷姆普林一声未吭,向后倒去。后来,我儿子格外看中的是,击中的枪数和当年那个犹太人法兰克福特在达沃斯一模一样,只不过后者用的是一把袖珍左轮手枪。他也像法兰克福特一样,从最近的一个公用电话亭,拨了电话号码110,自己报了案。他没有再返回事发地点，而是直接去了最近的派出所，在那里投案自首，他说的话是："我开了枪，就因为我是德国人。"

在去派出所的路上，他就已经迎面遇到了一辆警车和一辆救护车，都闪着蓝灯。对于大卫·施特雷姆普林来说，任何抢救都已经太迟了。

第 八 章

他声称了解我，但却坚持说，我并不了解自己的骨肉。这有可能，对我来说，通向我儿子最隐秘的内心世界的大门始终是关闭着的。也许是我不够机灵，没有能够解开我儿子的秘密？直到开庭审判，我才能够接近康尼，虽然不是在伸手可及的地方，而只是在声音可及的范围，但是我仍然没有能从证人席上大胆地高呼："父亲支持你！""请不要长篇大论，我的儿子，说得简短一点吧！"

或许某人正是因此才坚持要把我称为是"迟到的父亲"。所有我从自己出发，按照螃蟹的走路姿势所做的一切，相当接近事实所作的忏悔，或者像是迫于压力所泄露的一切，按照他的评价，都是"事后追记"，是"感到内疚"的行为。

现在，我的所有努力都"太迟了"，他提出要检查一下我的那堆杂乱的材料，那些乱七八糟的纸条，他想知道母亲的那条狐皮围脖怎么样了。这段必须要做的事后追记，似乎对他——我的老板——来说特别重要：我也不想再保留我知道的许多细节，愿意按照顺序来讲讲图拉的围脖，尽管我对这条不再流行的衣饰深恶痛绝。

是的。母亲从一开始就有这么一条围脖，而且总是戴着。据说，大约是在十六岁的时候，她在五路和二路有轨电车上当售票员，戴着船形小帽，捧着卖票夹，在霍赫斯特里斯车站，有一个一等兵送给了她这条完好无损的、已经由制皮匠加工好的狐皮围脖，此人也增补成为可能是我父亲的人中的一个。"他在北冰洋前线受了伤，在奥利瓦休假养伤。"对于我的那个想象中可能的生父，过去和现在都只有这么一段简短的描述，因为无论是那个名声不好的哈里·利贝瑙，还

122

是一个未成年的防空助手，都没有可能想到送母亲一条狐皮围脖。

波克里弗克一家乘船逃难的时候，她脖子上就是围着这条暖和的围脖，走上了"古斯特洛夫号"。船刚刚离开港口，这个孕妇就扶着一个非常年轻的海军新兵，在结冰的日光甲板上一步一步地挪动，当时，她也戴着这条狐皮围脖。当她躺在妇产病房，在第三枚鱼雷击中了目标和她第一次感到阵痛之后，里希特大夫给她打了一针，这时，狐皮围脖就放在救生衣的旁边，伸手可及。除了穿在身上的救生衣和围在脖子上的狐皮围脖，母亲什么也没有带上，背包丢在了船上，她还没有顾上拿东西，就上了救生艇，她说，她是先抓起狐皮围脖，然后才穿上救生衣的。

她就是这样，脚上没有穿鞋，却围着暖和的围脖，上了"雄狮号"鱼雷艇。在紧接着开始的分娩过程中，也就是在"古斯特洛夫号"船头先沉，然后向左舷倾覆，数千人的呼喊和我的第一声哭声汇合在一起的时候，这条围脖又卷在一起，放在她的旁边。母亲在科尔贝格离开鱼雷艇的时候，她的头发已经突然之间全变白了，她带着婴儿，虽然只穿着袜子，但脖子上却仍然裹着这条并没有因惊吓而变白的围脖。

她说，在躲避俄国人的持续数日的逃难中，由于天气寒冷，她把我裹在这条围脖里。要是没有这条狐皮围脖，我肯定在到达奥得河桥头之前，就在逃难队伍里冻死了。我能保住这条命，都得归功于这条围脖，而不是那些奶水过剩的女人。"没有它，你早就成了一坨冰块了……"据说，这条围脖是华沙的一位制皮匠做的，那个送她围脖的一等兵在告别的时候曾经说："姑娘，谁知道它会派上什么用场呢？"

在和平时期，我们不再挨冻受冷，这条红狐围脖只属于她一个人，用一个鞋盒装着，放在柜子里。在合适的和不合适的场合，她都围着它。比如说，在她获得满师证书的时候，在被评为"功勋积极分子"的时候，甚至在单位组织的庆祝活动里如果有"娱乐晚会"节目的时候。当年，我厌烦了工人和农民的国家，想从东柏林到西边去的时候,她送我去火车站,脖子上也围着这条围脖。后来,过了很久很久以后,当边界取消了之后,母亲开始领取退休金,当幸存者们在波罗的海的达姆普浴场聚会的时候,她也是围着这条精心保管的围脖,在那些年龄相仿、穿着时髦的女人中间,她显得独一无二。

开庭的第一天,宣读了起诉书,我儿子直言不讳地承认了作案事实,但是他没有任何内疚地说:"我做的事,是我必须做的!"嘉碧和我迫不得已地并排坐着,母亲却没有和我们坐在一起,而是示威性地坐到了被四发子弹打死的大卫的父母旁边,她当然也围着这条围脖,就像是在脖子上套了一个圈。尖尖的狐狸嘴,在尾巴末端的上方,咬住了狐皮围脖,两只足以乱真的玻璃眼珠——其中一只在逃难中丢了,是后来配上去的——与母亲那双浅灰色的眼睛斜对着,因此始终是四只眼睛在凝视着被告或者法官席。

看着她的这身过时打扮,我总是感到很难堪,这条围脖散发出的味道,并不是母亲喜欢的"托斯卡香水"的香味,而是很冲鼻子的、任何季节都没有变化的樟脑丸的味道,这个丑陋的东西,有的地方已经开始掉毛了。开庭的第二天,当她作为辩护方的证人被传到了证人席上的时候,就连我也为之一震:就像一个喜欢越瘦越好的演艺明星,她围着这条色彩艳丽的狐皮围脖,与白得耀眼的头发交相辉映,尽管并不需要宣誓,但是她在开始回答问题之前,还是说了"我宣誓……"这句话,然后,她似乎毫不费力地用标准德语陈述了她知道的一切,尽管语音语调有一点生硬。

嘉碧和我行使了我们的权利,拒绝回答任何提问,和我们完全相反,母亲倒是乐于陈述。在合议审判庭面前,也就是说,三位法官——审判长和两位陪审法官,以及两位青少年陪审员,她说起来就像是对着参加圣灵降临节的信徒们。人们听见她向青少年法庭检察官承认:其实,这件可怕的事也让她遭受了巨大的痛苦。她的心因此而被撕裂。一把燃烧的剑将她劈成两半。她被一只巨手击得粉碎。

审判是在位于德姆勒广场的什未林法院青少年法庭进行的,在那里,母亲完全是一副心灵破碎的样子。她在诅咒了命运之后,既批评又赞扬地说,这一对不能给予孩子关爱的父母,负有不可推卸的责任,赞扬她的被邪恶势力以及"计算机"这个鬼玩意儿引入歧途的孙子,他总是非常勤奋,彬彬有礼,干净得不能再干净,任何时候都乐于助人,极其守时,不仅仅是在回家吃晚饭的时候。她还声称:自从她的孙子康拉德搬来和她一起住,她是在他十五岁的时候才有了这个福分,就连她自己也习惯了把每天的安排调整到以分钟来计算。是的,她承认:计算机这玩意儿,以及所有和它有关的东西,都是她送的。绝不是这个孩子被祖母给宠坏了,恰恰相反。因为他总是表现得特别容易知足,所以她也就乐于满足他想得到这个"时髦玩意儿"的愿望。"他平时从来没有什么要求!"她大声地说,"他能够一连几个小时地摆弄这玩意儿。"

在骂了一通这个让人学坏的时髦玩意儿之后,她开始说正题。也就是那条船,迄今,没有人想知道它的事,而她的孙子对它则有永远也问不完的问题。"小康拉德"不仅对这条"满载妇女儿童的 KdF 轮船"的沉没感兴趣,不仅对幸存下来的祖母刨根问底,而且他还准备把他了解到的丰富的内容及其"与此相关的一切",这也是她的愿望,借助于那台送给他的计算机,传播到世界各地,甚至包括澳大利亚和阿拉斯加。"这不是被禁止的吧,法官先生?"母亲大声地说道,用手把狐狸的脑袋移到了中间。

她更像是顺便提一下似的说到了受害者。她的"小康拉德"以这种方式——"也就是说通过他的计算机"——和另外一个年轻人交了朋友,虽然并不认识他本人,而且两人经常有不同的观点,这也让她感到高兴,因为她亲爱的孙子平时无论在哪儿都是形单影只。他就是这样。就连和他的那个住在拉策堡的女朋友的关系,"她在那里为一个牙科大夫当助手",也只能看成是一种松散的关系,"绝对没有发生过性关系",她知道得很清楚。

所有这些,母亲都是作为辩护方的证人,相当准确地用标准德语说的,她在说话的时候讲究措辞,有的地方加重了语气。康拉德"敏感地触及良心问题"，他的"执着的对真理的热爱"，他对"德国的始终不渝的自豪"，都在法庭上得到了赞扬。然而，当她刚刚声明，她并不介意康拉德的计算机朋友是个犹太少年，青少年法庭检察官就告诉她，已经知道了相当一段时间，而且有据可查，受害者的父母没有任何犹太血统，父亲施特雷姆普林出生在符腾堡的一个神甫的家庭，他的妻子来自一个在巴登地区住了好几代的农民家庭，这时，母亲显然有些激动。她摆弄着狐皮围脖，有好几秒钟，摆出一副与己无关的样子，然后不再费力地说标准德语，而是大声地说起方言："真是一个骗局！俺的小康拉德咋会晓得，这个大卫是个冒牌的犹太人。一个自欺欺人的家伙，只要有机会，他就装得像真正的犹太人，总是在说俺们的耻辱……"

当她骂受害者是"骗子"和"虚伪的家伙"的时候，审判长禁止她继续讲下去。康尼一直微笑着听着母亲的这番气呼呼的话，当青少年法庭检察官为那个在网上自称大卫的沃尔夫冈·施特雷姆普林出具了一份——正如他所说——"雅利安血统的证明"并且表现得颇具讽刺意味的时候，他当然一点儿也没有感到吃惊，大概只是有点失望。我儿子镇静而肯定地对他本来就已经知道的事情给予了如下评论："这并不改变任何事实本身。只有我自己必须来决定，是否把我认识的大卫这个人作为犹太人来对待。"审判长问他，无论是在莫尔恩还是在什末林，是否遇到过一个真正的犹太人，他以明确的否定作为回答，但是又补充道："这对我的决定来说并不重要。我是根据原则开的枪。"

接着是关于那支手枪，我儿子在事发之后，从南岸的高处把枪扔进了什末林湖，母亲对此只是简短地说："我怎么可能发现这玩意儿呢，检察官先生？我的小康拉德总是自己收拾他的房间。他很重视这些事。"

对于作案武器，我儿子说，这个射击用的铁玩意儿，是一把苏联军队使用的七毫米口径的托卡列夫，他是在一年半之前弄到手的。他必须弄到这家伙，是因为他受到梅克伦堡周边地区极右青年的威胁。不,他们的名字,他现在不愿意说出来,将来也不会说。"我不会出卖从前的战友!"他受到威胁的起因,是他当时应一个民族意识浓厚的战友同盟的邀请去作了一个报告。报告的题目是《KdF 客轮'古斯特洛夫号'的命运,从建造至沉没》,对于有些听众来说是要求太高了,"他们中间有许多是就知道猛灌啤酒的愚昧脑瓜"。他对那个苏联潜艇指挥官从非常冒险的角度向轮船发射鱼雷的军事才能的客观评价,格外激怒了那些光头党。一些打架好斗的家伙后来骂他是"俄国佬的朋友",在大街上经常威胁他,甚至真的对他动手动脚。"从那以后,我很清楚,遇到这种粗野的纳粹分子,不能没有武器。靠说理是对付不了他们的。"

刚刚提到过的那个报告,是一九九六年初的一个周末在什未林的一家餐馆里作的,那里是这个战友同盟定期聚会的地方,还有另外两个没有机会作的报告,也以书面的形式提交给了法庭,它们在该案的继续审理过程中起着特别的作用。

其中一个报告所涉及的事,完全是我们俩的失职。嘉碧和我应该知道在莫尔恩发生的事。我们却假装视而不见。嘉碧是教师,虽然在另外一个学校,但是肯定听说过,是什么原因禁止她儿子就一个极有争议的题目作一次报告,据说是"由于不适当的倾向";必须承认,我本来也应该更多地关心我的儿子。

比如说,由于工作的原因,我只能不定期地去莫尔恩看望他,但是完全可以调整一下时间,以便我可以在家长会上提出疑问,即使有可能会和某一个思想狭隘的教书匠发生争执。真应该大声疾呼:"为什么要禁止?宽容何在?"康尼的报告有一个副标题:"关于纳粹组织'力量来自欢乐'的积极作用",或许它会给乏味的社会知识课程增添一些色彩。但是,我从来没有参加过一次家长会。嘉碧认为,不应该用母亲的主观责难,给其他教师同行本来就很为难的情况增加困难,特别是因为她本人已经表示过,"坚决反对低估褐色的伪意识形态",在她儿子的面前始终都在捍卫自己的左派观点,她也不得不承认，她自己经常是太没有耐心。

任何理由都不能免除我们的责任。不能把一切都推到母亲身上，或者责怪那些思想狭隘的教书匠。在案件审理过程中，我和我的前妻都不得不承认我们俩的失职，她则更多地经常不断地提请注意教育的局限性。咳，要是我这个没有父亲的人，也没有当父亲就好了！

可怜的大卫的父母，也对自己作了相似的责备，大卫的真实名字叫沃尔夫冈，他偏爱犹太人的行为举止显然是在故意激怒我们的康尼。在一次法庭休息期间，我和嘉碧同这对夫妇谈了一次话，刚开始很拘束，但是后来都相当坦诚，不管怎么样，这是施特雷姆普林先生对我说的：也许是因为在一个核研究中心从事纯科研性的工作，以及他对历史事件的太有所保留的评论，导致了异化，他和儿子之间几乎没有什么话好说。特别是，他对纳粹主义统治时期的相对冷静的思考方式，并没有获得儿子的理解。"那么，结果就是距离越来越大。"

施特雷姆普林太太认为，沃尔夫冈一直就很怪癖。他和同龄的孩子充其量就是在打乒乓球的时候才有接触。她从来没有听过他交往过关系比较密切的女朋友。她儿子很早，大约是从十四岁的时候，就开始迷上了大卫这个名字，由于已知的许多战争罪行和集体屠杀，产生了赎罪的想法，真是天晓得，到了最后，所有犹太人的东西对他来说都是神圣的。去年的圣诞节，他希望得到的礼物是一个犹太人的七枝烛台。看见他在他的房间里，头上戴着一顶虔诚的犹太人戴的那种小帽子，坐在他最宝贝的东西——计算机前面，总让人感到有点儿诧异。"他一而再再而三地要求我，只能按照犹太教饮食规定来做饭！"不管怎么样，她的话可以解释，她的沃尔夫冈为什么在玩计算机的时候要自称是一个信仰犹太教的大卫。她提醒过他，在某个时候必须结束这种永恒的谴责，可是他根本听不进去。"前一段时间，我们根本找不到我们的儿子。"所以，她也不知道，她儿子怎么会知道了这个令人可怕的党员干部和谋杀他的凶手，这个名字叫法兰克福特的医学院学生,"难道我们是过早地停止对他在教育方面施加影响了吗?"

施特雷姆普林太太的话是断断续续的。她丈夫赞同地点着头。沃尔夫冈崇拜这个大卫·法兰克福特。他经常说的关于大卫和歌利亚的那些话,虽然很可笑,但显然都是当真的。由于这种过分的狂热崇拜,他的两个弟弟,约普斯特和托比亚斯,都拿他取笑。在沃尔夫冈的书桌上方,甚至挂着一张这个在达沃斯行刺谋杀的年轻人的照片。还有许多书籍、剪报、计算机打印的东西。所有这一切大概都和这个古斯特洛夫以及那条以他的名字命名的船有关。施特雷姆普林太太说:"当年船沉没的时候发生的事,真是太可怕了。这么多的孩子。人们压根儿就不知道这件事。就连我丈夫也不知道,他的业余爱好就是研究德国近现代历史。有关古斯特洛夫案件的事,他也不知道,直到最后……"

施特雷姆普林太太哭了起来。嘉碧也哭了,茫然无措地把一只手搭在了施特雷姆普林太太的肩上。我也可能会放声大哭一场,但是两位父亲只是交换了一下目光,想表示一下相互理解。我们和沃尔夫冈的父母还见过好几次,也有约在法院大楼外面的。真是宽宏大量的人,他们更多地是在责备自己,而不是怪罪我们。总是尽量想去理解别人。我觉得,他们在审理过程中非常认真地倾听了康尼那些通常是噜里噜苏的陈述,就好像希望从这个谋杀他们儿子的凶手嘴里得知什么能够澄清疑惑的东西。

我觉得施特雷姆普林夫妇是那种通情达理的人。施特雷姆普林先生,约莫五十岁,戴着眼镜,灰白色的头发梳理得很整齐,属于那种能够把所有的甚至是证据确凿的事实都相对化的类型。施特雷姆普林太太,四十五六岁,但是显得很年轻,她倾向于认为一切都是无法解释的。提到母亲的时候,她说:"您儿子的祖母真是一位了不起的女人,但是,不知怎么的,我总觉得她有一点儿让人琢磨不透……"

关于沃尔夫冈的两个弟弟,我们听说,他们和哥哥完全不同。他们的大儿子比较弱的学科是数学和物理,他们一直还在为他的学习成绩操心,就好像沃尔夫冈"以某种形式"还活着,马上就要参加高中毕业考试。

在一家新装修过的咖啡馆里,我们坐在高脚凳上,围着一张高高的圆桌。我们不约而同地都点了卡布奇诺。没有再要饼干。我们有的时候也偏离主题,比如说,我们向年龄差不多的施特雷姆普林夫妇说了我们早年离异的原因。嘉碧认为,不可避免的离异,如今已经司空见惯,不应该再用谁对谁错来评价。我什么也没有说,把所有差不多可以解释清楚的原因统统留给我的前妻去说,然后,我掉转了话头,前言不搭后语地把那两个在莫尔恩和什未林没有能够作成报告的学校小论文引入了话题。嘉碧和我之间立刻就争论起来,就像在那些苍白乏力的婚姻年代那样。我坚持认为,导致我儿子的不幸及其可怕后果的起因,就是因为不准他把自己关于一九三三年一月三十日的观点以及关于纳粹组织"力量来自欢乐"的社会意义说出来,嘉碧打断了我的话,说:"老师必须说'不',这是可以理解的。毕竟这个日期所涉及的,是希特勒上台,而不是某一个配角偶然落在同一天的出生,我们的儿子则完全忽略了这个日期的更深层的意义,特别是他的论文用的副标题'被疏忽的文物保护'……"

在法庭上是这样进行的:两位老师证实了被告的学习成绩在优秀和良好之间,在他们的证词中,谈到了那两个在莫尔恩和什未林都没有能够作成的报告。在这个问题上,倒是全德国统一的,两位教育工作者一致表示,那两篇没有被批准作的报告,受纳粹主义思想影响很深,而且是别有用心地以非常聪明的方式表达出来的,比如说,宣扬一种"没有等级差别的全民集体",通过巧妙插进来的文字,要求"思想自由的文物保护",着眼点是那个被清除了的为从前的纳粹干部古斯特洛夫设立的纪念碑,学生康拉德·波克里弗克在他的第二个没有获得批准的报告中,打算把这个人称为是"什未林的伟大的儿子"。出于教育工作者的责任,必须制止这种危险的胡说八道的传播,特别是因为,在这两所学校,有极右倾向的男女学生的人数都在不断上升。东德的老师最后强调了他们学校的"反法西斯的传统",西德的老师则只想起了一句已经被用滥了的话:"防微杜渐!"

总的来说,传问证人还是就事论事的,除了母亲在法庭上突然大喊大叫之外,女证人罗希在提供证词的时候,哭着一个劲地保证将继续忠实于她的"同学康拉德·波克里弗克"。因为青少年刑事法庭的审判不对外公开,所以在声音回荡的审判厅里缺少对听众有影响力的长篇大论。审判长有的时候自己说上几个小玩笑,或许是想调和一下这个案子极其严肃的背景,也让我儿子有可能对他作案的动机进行曝光,这也使得康尼在陈述时能够尽情地自由发挥。

他当然是从一开始讲起的,也就是说,从国社党瑞士党部主席的出生开始。他突出了此人在瑞士的组织方面的成就,把治愈肺病赞扬为"强战胜弱",这样他就成功地为自己刻画了一个英雄人物。他得到了一个终于可以大颂特颂这位"什未林的伟大儿子"的机会。要是允许听众参加,后面几排可能就会响起赞同的声音。

讲到在达沃斯的谋杀的准备工作和实施过程时,康拉德放下了记录本和可以引用的资料,他很重视合法地获取作案武器和发射的枪数:"就像我一样,大卫·法兰克福特也是击中了四枪。"就连大卫在格劳宾登州法院陈述的作案理由:他开了枪,就因为他是犹太人,也被我儿子加以利用,甚至有所发展:"我开了枪,就因为我是德国人,而且因为通过大卫之口说话的,是那个永恒的犹太人。"

他没有对那次在库尔的州法院进行的审判多说什么,但是他说,与格林教授和党的演说家迪威尔格完全相反,他并不认为在谋杀的背后有犹太势力的幕后指使者。由于公平的理由,必须承认:和他一样,法兰克福特的行动也"完全是出于内心的迫切要求"。

然后,康拉德绘声绘色地叙述了那次在什未林举行的国葬,甚至还提到了天气情况,"下着小雪",他甚至在叙述葬礼队伍的时候没有忘掉任何一个街道的名字。在作了一番让那位很有耐心的法官也感到乏味的关于"纳粹组织'力量来自欢乐'的意义、任务和成绩"的报告之后,他说到了这条船的建造。

我儿子对在法庭陈述这一部分内容，显然很有乐趣。他一边说一边用手比画这条船的长度、宽度和吃水深度。新船下水和命名洗礼，如他所说，都是由"烈士的遗孀"主持的，他借机表示不满："就在这里，在什末林，黑德维希·古斯特洛夫夫人，在大德意志帝国衰落之后，立刻就被不合法地没收了财产，后来又被赶出了这个城市！"

　　接着，他讲到了这条经过洗礼的船的内部设施。他介绍了庆典大厅、餐厅、船舱的数量以及 E 甲板的游泳池。最后，他总结性地说："这条没有等级差别的内燃机船'威廉·古斯特洛夫号'，过去现在将来都是国家社会主义的生动体现，直到今天仍然具有榜样的力量，而且必将继续产生影响，直到未来！"

　　我觉得，我儿子在说完最后一句话之后似乎在倾听着假想中的听众报以的掌声，但是他同时也注意到了法官的那道严厉的、在提醒他说话要简洁一些的目光。正像施特雷姆普林先生也许会说的那样，他比较快地讲了这条船的最后一次航行和被鱼雷击中。在沉没时淹死的和冻死的，人数高得惊人，他说这只是"粗略估计"，并且将其与在其他海难中要少得多的死亡人数加以比较。他提到了获救的人数，特别赞扬了几位船长，对我，他的父亲，绝口不提，而是说到他的祖母："现年七十岁的女人，乌尔苏拉·波克里弗克，现在就在大厅里，我在这里就是以她的名字提供证词。"这时，母亲站了起来，满头白发，脖子上围着狐皮围脖，给人留下了深刻的印象。她也像是面对着无数的观众登台出场。

　　康尼好像是想制止只有他才能够听得见的掌声，作出特别重视客观事实的样子，高度评价了当年的军需助理海因茨·舍恩的"值得赞扬的琐碎工作"，对于潜水寻宝的人在战后持续不断地破坏"古斯特洛夫号"沉船表示遗憾："但是，幸好这些野蛮的家伙既没有找到帝国银行的黄金，也没有找到那个有着传奇色彩的琥珀房间……"

　　这时，我相信看见了那位极有耐心的审判长赞同地点了点头。我儿子仍然在滔滔不绝地说着。他讲起了苏联潜艇"S–13 号"的那个指挥官。在长期流放西伯利亚之后，亚历山大·马林涅斯科终于得到了平反，被授予"苏联英雄"的称号。"可惜的是，他对这个迟来的荣誉只高兴了很短的时间，不久就死于癌症……"

没有一句谴责的话。像过去放到网上去的类似"野蛮的俄国人"，一个字也没有提。当我儿子请求受害者——作为大卫的沃尔夫冈·施特雷姆普林原谅的时候，几位法官、青少年法庭陪审员，大概还有那个检察官，都感到很惊奇。很长时间里，他在他的网页上，一直是把击沉"威廉·古斯特洛夫号"看作是对妇女儿童的谋杀。然而，是大卫让他认识到，"S-13号"的指挥官完全有理由把这条对他来说没有名字的船，当成是一个军事目标。"要是在这里说到责任，"他大声地说，"那么就是最高海军领导的责任，那个海军元帅必须受到指控。是他批准的，除了难民之外，还要让一批军事人员上船。罪人是邓尼茨！"

康拉德停顿了一会儿，似乎他在等待着审判厅里的骚动和禁止他继续说下去的呼喊。也许他只是在寻找几句结束的话。他最后说："我坚持我的行动。但是，我请求法院，把我执行的这次处决行动当作是一种只有在更大的相互关联中才能够理解的事情来加以评价。我知道，沃尔夫冈·施特雷姆普林马上就要参加高中毕业考试。可惜，我不能考虑这些。过去和现在都是为了更加崇高的目标。州首府什未林最终一定会为它伟大的儿子感到自豪。我在此呼吁，在湖的南岸，就在我按照我的方式纪念这位烈士的地方，建立一座警世碑，让我们和世世代代都记住被犹太人谋杀的威廉·古斯特洛夫。就像几年前，终于在圣彼得堡建了一座纪念碑，来纪念潜艇指挥官亚历山大·马林涅斯科那样，也应该高度评价这个在一九三六年二月四日为了德国能够彻底摆脱犹太人的羁绊而献身的人。我并不羞于承认这一点，犹太人完全也有理由，要么在以色列，大卫·法兰克福特是八十二岁在那里去世的，要么在达沃斯，建造一座雕像来纪念那个医学院学生，他以四颗目标明确的子弹给他的人民发出了信号。哪怕是只挂一块铜牌，也完全可以。"

审判长终于站了起来,说道:"现在够了!"大厅里顿时鸦雀无声。我儿子的解释,不,是他的思想发泄,并不是没有任何影响的。他的大段陈述既不可能减轻也不会加重判决,因为法庭会发现混在康尼滔滔不绝的讲话中的是完全合乎逻辑的精神错乱,这些狂想也已经通过鉴定分析或多或少得到了证实。

我对这种显得挺科学的文字本身并不怎么看重。有一个鉴定人是心理学家,专门研究孤寂家庭生活,他也可能并没有搞错,他把康尼的"绝望者的孤独行动",这是他的说法,归结到被告没有父亲的青少年时代,同时还牵强附会地认为,与我没有父亲的出身和长大存在因果关系。另外两个鉴定人走的也是相似的路。都是在家庭范围内玩弄追逐游戏。最终,负有责任的总是父亲。嘉碧应该对此负责,她是唯一拥有儿子监护权的人,却没有阻止她的儿子从莫尔恩搬到什未林去,致使他最终落入了母亲的掌控。

负有责任的是她,就是她一个人。这个脖子上围着狐皮围脖的女巫,历来就是一团鬼火,正如那个从前就认识她、肯定和她有什么关系的某人知道的那样。因为,只要是谈到图拉……他就如痴如醉……讲起神秘的东西……一种卡舒布族的或者科施内夫伊的水精,土拉、杜拉或者图尔,据说是她的教父。

歪着脑袋,她的浅银灰色的目光,与狐狸的玻璃眼珠完全一致,母亲凝视着正在陈述的鉴定人。她坐在那里,一动不动地听着,就像我这个做父亲的无能,被作为主旋律,与纸张的窸窸窣窣混合在一起,变成了一曲让她喜欢的音乐。她在鉴定报告里只是被顺带提到,是这么写的:"祖母的本来是好意的关怀,对这个受到损害的年轻人来说,并不能替代父亲和母亲。可以设想,祖母艰难曲折的命运,她作为孕妇幸免于难以及面对那条正在沉没的船分娩,一方面对孙子康拉德·波克里弗克产生了深刻的影响,另一方面通过想象出来的共同经历使他精神恍惚……"

辩护律师试图再加深这条由鉴定人凿出来的凹痕。这是一个年龄与我差不多的男人,是我前妻请的,但是他没有能够获得康尼的信任。每一次,要是他谈到这是一件"欠考虑的、并非蓄意的行为",试图把谋杀减轻为故意杀人的时候,我儿子总是自愿承认,将辩护律师的所有努力彻底破灭:"我有足够的时间,完全是从容不迫的。不,仇恨不起任何作用。我的想法是纯客观的。第一枪可惜太低了,击中了肚子,接下来的三枪都是瞄准了才开的。可惜用的是一把制式手枪。我真想和法兰克福特一样,能够用一把左轮手枪。"

康尼是作为责任承担者出现的。他个子长得很快,戴着眼镜,留着鬈发,他在法庭上,向自己发出指控。他看上去还不到十七岁,但是说起话来非常老到,就像是通过一系列速成班积攒了很多生活经验。比如说,他拒绝承认他的父母也负有责任。他宽厚地微笑着说:"我母亲什么责任都没有,即使她的那些没完没了的关于奥斯威辛的说教,经常让我感到心烦。法庭应该迅速忘掉我的父亲,就像我这几年那样,把他忘得一干二净。"

我儿子恨我吗?康尼有没有能力去仇恨?他多次否认自己仇恨犹太人。我倾向于,来谈谈康拉德的具体的仇恨。很小的仇恨火焰。燃烧时间很长的燃烧炉。一种毫无激情、自己萌生的仇恨。

辩护律师对由母亲引起的对威廉·古斯特洛夫的专注,作了新的解释,认为是要寻找替代父亲的人,他的话可能没有错。他提请人们想到,古斯特洛夫的婚姻没有孩子。这对于寻找父亲的康拉德·波克里弗克提供了一个必须在虚拟世界进行填补的空白。新的科学技术,特别是互联网,毕竟可以让人逃离青少年的孤独。

关于这种推测,康尼本人在法官允许他就法庭审理这一问题发言的时候,兴奋地,甚至可以说是对那个"烈士"充满热情地说了一段话。他说:"我的调查表明,威廉·古斯特洛夫的社会活动更多地是受到格奥尔格·施特拉瑟的影响,而不是元首,在此之后,我就仅仅把他视为我的榜样,这一点已经在我的网页上反复地、明确地表达出来了。我的内心的行动准则完全要归功于这位烈士。为他复仇,是我神圣的义务!"

当青少年检察官相当执着地问他为什么鄙视犹太人时，他说："这您就完全错了！从原则上来说，我一点儿都不反对犹太人。然而，和威廉·古斯特洛夫一样，我也坚信，犹太人在雅利安人的民族中是一个异体。他们所有的人都应该去以色列，那里才是他们应该去的地方。这里不能容忍他们，那里却急需他们，在一种敌对的环境中去战斗。大卫·法兰克福特当年从监狱里出来之后立刻就去巴勒斯坦的决定是绝对正确的。他后来在以色列国防部找了一份工作，也是完全正确的。"

在案件的审理过程中，可以得到一种印象，就是在所有发言的人中间，只有我儿子说得清清楚楚。他立刻就说到正题，头绪清晰，对所有问题都准备好了答案，对他的案子给予了准确的表达，而原告、辩护律师、三位一体的鉴定人、审判长及其陪审法官和陪审员，都是一头雾水，不知所措地寻找作案动机，劳心费力地让上帝和弗洛伊德来充当路标。就像辩护律师所说的那样，他们一直在努力去把这个"可怜的年轻人"，变成是社会环境、破裂的婚姻、片面的学校教育以及一个邪恶世界的牺牲品，最后，我的前妻竟然大胆地说，负有责任的是"由祖母经过儿子传给康拉德的遗传基因"。

关于这一事件的真正的牺牲品，那个马上就要高中毕业、在网上把自己提升为犹太人大卫的沃尔夫冈·施特雷姆普林，法庭上却几乎根本没有人提。他被扭扭捏捏地省略了，即使出现也只是作为目标对象。辩护律师认为，应该指责他通过假象欺骗进行挑衅。虽然"自己的责任"这几个字并没有说出来，但是他含沙射影地说："牺牲者恰恰是自己送上门来的。""把在互联网上的争论转移到现实中来，已经远远超出了疏忽大意的范围。"

不管怎么样，作案者得到了很大程度的同情。也许正是因为这个原因，施特雷姆普林夫妇才在宣布判决之前就离开了。他们动身之前，在法院大楼对面的一家咖啡馆里向嘉碧和我保证，他们俩并不赞成对我们的儿子判处过于严厉的惩罚，沃尔夫冈也不会赞成的。施特雷姆普林太太说："我们并没有复仇的欲望。"

要是我纯粹是出于职业原因,也就是说作为记者,那么我肯定会批评这个减轻为故意杀人的判决,即使不是"司法丑闻",也是"量刑太轻"。但是,我感到震惊,一方面是因为我的记者义务,另一方面是因为我儿子的反应,他毫无表情地接受了七年徒刑的判决。失去的七年啊! 如果他服满了刑期,出来的时候已经二十四岁。整天和刑事犯和真正的极右分子关在一起,会使他变得更加冷酷,即使释放出来,大概还是会重新犯罪,再次坐牢。不! 这个判决是不能接受的。

　　然而,康尼拒绝利用检察官给的通过重新审判获得修改判决的可能性。我只能复述据说是他对嘉碧说的话:"很难理解,我只被判了七年。当年,他们对那个犹太人法兰克福特判了十八年,不过他只坐了九年半……"

　　在他被带走之前,他不愿意正眼看我。在法庭大厅里,他不仅拥抱了他的母亲,而且还拥抱了尽管穿着高跟鞋、但是也只能够着他的胸部的祖母。他在离开之前,还四处张望了一下,可能是在寻找大卫的或者说沃尔夫冈的父母,因为没有看见他们而怅然若失。

　　在此之后,我们站在法院大楼前面的德姆勒广场,我终于可以把一支烟塞进嘴里了,这时,母亲开始大发雷霆。她已经把那条狐皮围脖和正式场合戴在脖子上的首饰摘了下来,也抛开了拿腔拿调的标准德语。"这是不公正的!"她气呼呼地一把将烟从我嘴里拽了出来,用脚踩碎,像是要踩碎什么必须消灭的东西,她先是高声地喊了一句,然后又激动地说,"太不像话了! 再也没有正义了。他们要关就把俺关起来,不要关孩子。是俺,先送给了他计算机那玩意儿,然后又在前年的复活节送了他那把枪,因为他们总是威胁俺的小康拉德,就是那些光头。有一回,他被打得满脸是血地回到家。但是他没有哭,一声也没有哭。不是的,枪早就搁在俺的五斗橱里。统一之后不久,俺在俄国佬的跳蚤市场上买的。便宜得很。但是在法庭上没有人问俺,这玩意儿是从哪儿来的……"

第 九 章

　　有一块禁令牌,从一开始就挂在那里。他严格禁止我去猜测康尼的想法,不让我把他可能想的东西作为思考游戏展示出来,不让我去写那些在我儿子脑袋里可能会说出来的、可以加以引用的东西。

　　他说:"谁也不知道,他过去想什么,他今后想什么。每个人的脑壳都是密封着的,并不是只有他一个人是这样。这是禁区。对于咬文嚼字的人,是无人地带。掀开天灵盖,也是没有用的。再说,谁也不会说出自己想什么。谁要是想这么做,肯定从头一句话开始就是欺骗。开始的句子是:他在那个时刻想……或者:在他的脑海里……总是这些废话。没有任何东西比大脑封闭得更严实。即使是严刑逼供,也不可能得到没有漏洞的供词。是的,甚至在死的那一瞬间,思想上的东西都是可以蒙骗的。因此,我们也不可能知道,沃尔夫冈·施特雷姆普林当初决定在互联网上扮演犹太人大卫的时候,是怎么想的,当他站在'库尔特·比尔格青年旅馆'前面,他的那个在网上自称威廉现在作为康拉德·波克里弗克的朋友兼敌人,从外套的右口袋掏出手枪,在第一枪击中了肚子,然后又用三发子弹击中了他的头部及其封闭的思想的时候,在他的大脑里出现的究竟是哪些字句。我们只看见我们看见的东西。表面现象不能说明一切,但是已经足矣。不要任何思想,更不要事后想出来的东西。用词要简洁,快一点结束。"

　　多好啊,他没有感觉到,哪些想法完全违背我的意愿从左右两个大脑线圈里缓慢地爬了出来,令人惊奇地产生了意义,谨小慎微地透露了应该保守的秘密,让我丢脸出丑,以至于我着实吓了一跳,赶紧试图去想其他的事情。例如，我想到了去新施特雷利茨时带的礼物，我试着为我儿子想出一件小小的礼物，适合头一次去探监。

我通过剪报服务公司得到了所有评论这次审判的报道，所以，有一张从《巴登报》上剪下来的沃尔夫冈·施特雷姆普林的照片放在我的面前。他看上去很和蔼，但也没有什么特别的地方。高中毕业班的学生，也到了该服兵役的年龄。他咧着嘴在笑，眼角露出一些悲伤。深金黄色的头发稍微有点儿卷，中间没有分杠。小伙子的头微微地朝左歪，衬衫的领口敞开着。大概是一个不知道在想什么的理想主义者。

有关这次对我儿子的审判的评论，从规模上来看，是很令人失望的。在案子的审理期间，在统一的德国的两个部分，发生了一系列极右的刑事犯罪，其中有，在波茨坦，用棒球棍企图打死一个匈牙利人，在波鸿，一个退休人员被殴打致死。到处都有光头党在不断地闹事。那时，有政治动机的暴力事件成了日常生活的一部分，同样也有许多反对右翼势力的呼吁，政治家们表示遗憾，同时也从句套从句地训斥了暴力事件的肇事者。但是，也可能是无可置疑的事实真相，即沃尔夫冈·施特雷姆普林不是犹太人，减弱了对这次审判的兴趣，因为，最初在事件发生之后，在全德范围内立刻就出现了粗体字的大标题：《犹太居民被杀！》《仇视犹太人的卑鄙谋杀！》我还剪下来了为照片配的文字说明："最新的反犹太人暴力事件的牺牲品。"

在我第一次去青少年管教所探监的时候，我的胸前口袋里就装着从报纸上剪下来的沃尔夫冈·施特雷姆普林的照片。这是一栋破败不堪的楼房，早就应该拆了。当我把这张折了一道痕的照片递给康尼的时候，他甚至还说了一声谢谢。他用手把照片抹平，微笑着。我们的谈话很费劲，但是他毕竟在和我交谈。我们面对面地坐在来宾接待室，在其他几张桌子那边，也同样是青少年犯人在接待来客。

因为我被禁止从我儿子的脑门上猜测他的想法，所以只能说，他面对他父亲，仍然像过去一样沉默寡言，但是并没有表现出完全拒绝的样子。他甚至还问起我的记者工作。当我对他讲到写了一篇关于在苏格兰克隆出来的神羊"多莉"及其首创者的报道时,我看见他露出了微笑。"妈妈肯定对这个有兴趣。她研究过基因,特别是我的基因。"

然后,我听到,在少管所的业余活动室可以打乒乓球,他和另外三个年轻人住在一个牢房里,"都是怪怪的人,不过倒挺和善的。"据说,有一个他自己的角落,有一张桌子和放书的搁板。另外,还可以参加函授课程。"现在又有了新鲜事!"他大声地说,"我将在监狱的高墙里面参加高中毕业考试,在某种程度上说,这是长期的闭卷考试。"我并不喜欢康尼的这种幽默口吻。

我走的时候,他的女朋友罗希来替换了我,她看上去刚哭过,一身黑衣,像是在服丧。探监日就是这样你来我往,哭哭啼啼的母亲,不知所措的父亲。那位看守官员漫不经心地检查着礼品,放行了那张沃尔夫冈即大卫的照片。在我前面来探监的,肯定是母亲,可能是和嘉碧一起,也许他们俩是一前一后见了康尼?

时间过得很快。我不再用含有木头成分的纸张去喂那只神羊"多莉",而是去追踪其他轰动一时的新闻。另外,我的许多次短暂的女人故事中的一个,也在无声无息之中结束,这一次是和一个专门拍摄云的形成的女摄影师。然后,在日历上就到了下一个探监日。

我们刚刚面对面地坐下,我儿子就对我说,他在监狱里的手工车间将几张照片镶进了玻璃镜框,挂在放书的搁板下面:"当然也有大卫的那一张。"另外还有两张镶进玻璃镜框的照片,是他的网页上的材料,是母亲按照他的愿望带来的。这是两张以三级艇长亚历山大·马林涅斯科为主题的影印照片,我儿子说,这两张上的人一点儿都不像。他是从互联网上找到的复制品。有两个马林涅斯科的崇拜者都宣称,自己的那一张是真的。"一场滑稽的争论。"康尼说着,从他那件经久耐穿的挪威花色的套头衫下面掏出了那两张像家庭照片似的带镜框的照片。

我听到了一番很客观实际的分析:"这一张站在潜望镜旁边圆脸的,是在圣彼得堡博物馆展出的。这一张站在潜艇指挥塔上方脸的,应该是他本人。至少有书面材料表明,这张照片的原件送给了一个多次为马林涅斯科提供服务的芬兰妓女。'S-13号'的指挥官和许多女人有关系。这样一个人还留下来了什么东西,是很有意思的……"

我儿子还讲了许多关于他的照片集锦的事,其中有大卫·法兰克福特早年的和晚年的各一张,晚年的这一张,他看上去很老,又开始吸烟了。缺少一张照片。我本想等一等再问,康尼像是猜出了他父亲的心思,对我说,可惜,监狱的领导不准他把"烈士穿军服的一张非常棒的照片"作为牢房里的装饰。

母亲是最经常去看他的人,无论如何她要比我去的次数多。嘉碧总是觉得被"工会的鸡毛蒜皮的小事"拖累,她是不取任何报酬地在"教育和科学工会"做事。不要忘了还有罗希,她定期去,很快就不再哭哭啼啼了。

这一年里,我一直在报道全德国范围内早早就开始的大选,我和所有新闻媒体一样,也在想方设法地从持续不断的选民调查提问的咖啡渣里找新闻,喧嚣而空洞,没有什么实际内容。但是可以看出,这个辛策神甫通过他的"红短裤行动"为民主社会主义党捞到了实惠,却已经救不了那个胖子,他后来也果然落选了。我经常出差在外,采访联邦议员、中层的经济界重要人物,甚至还有几个共和党人,因为预测右翼极端分子有可能超过百分之五。在梅克伦堡-波莫瑞,右翼极端分子特别活跃,即使只是才取得了很一般的成绩。

我没有去新施特雷利茨,听母亲在电话里说,她的"小康拉德"情况挺不错,甚至还增加了"几磅"体重,还被选为少年犯计算机课程的负责人,用母亲的话来说,就是"被提拔了"。"你也知道,在这一方面,他总是最棒的……"

我试着想象我的儿子,他面颊丰满红润,按照最新操作程序教其他犯人基础知识,我相信,少管所里的犯人不会有上网的可能,否则,几个犯人可能就会在网主康拉德·波克里弗克的率领下找到一条虚拟的越狱路线:集体逃入网络空间。

我还得知,新施特雷利茨的犯人乒乓球队和普吕岑湖青少年管教所的代表队打了一场比赛,而且获得了胜利,我儿子也是这个队的队员。简而言之:这个成天忙忙碌碌的记者的儿子,这个根据判决被定罪的故意杀人犯,在此期间已经是成年人,整天从早到晚都很勤奋。在夏季开始不久,他通过了函授高中毕业考试,成绩是一点六分;我发去了一份电报:"祝贺你,康尼!"

我从母亲那里得知一个消息:她在波兰的格但斯克待了一个多星期。现在又回到了什未林,我去看望她时,听见她说:"在但泽,俺当然是到处乱跑,但是绝大多数时间是在朗富尔。什么都变了。不过,埃尔森大街的那栋房子还在。甚至就连阳台和放花的长条盒,也都一个不少地在那儿……"

她是乘旅游大巴去旅行的。"对俺们来说,非常便宜!"一群被驱逐出家园的人接受了一家旅行社的报价,参加这家旅行社组织的所谓"思乡之旅"的有男有女,全都是和母亲年龄差不多的或者更老一些的。母亲说:"真美啊!不得不留给了波兰佬,重建了许多东西,所有的教堂,等等。只有古腾堡的纪念碑没有了,俺们小的时候,把古腾堡叫作库腾波,这个纪念碑就在叶施肯塔尔森林里,在埃尔普斯山后面。在布勒森,好天的时候,俺都是在那里游泳,现在有一个跟从前一样的真正的浴场……"

然后她又摆出一副与己无关的样子,眼珠向上翻着白眼。但是,她就像一张跳针的唱片又开始说了起来:很久很久以前,在木匠铺的院子里或者在树林里,堆出了一个雪人,在暑假里,当波罗的海沙滩上出事的时候,"俺瘦得像根麻秆……"她和一伙男孩子游向一条沉船,船上的上层建筑从战争开始起就耸立在水面上。"俺们潜水到这条锈蚀严重的沉船的里面。有一个男孩潜得最深,他的名字叫约亨……"

我忘记问问母亲,在思乡之旅的过程中,尽管是夏天,她是否在行李中带上了她的那条该死的狐皮围脖。我还想知道,燕妮阿姨是不是也去了但泽-朗富尔或者其他什么地方。"没有！"她说，"她不愿意一块儿去。因为腿不好，没有别的原因。她说，她会腿疼的。俺和俺的女朋友走过的那条上学的路，俺这一次上上下下走了好几回，觉得短了好多……"

母亲肯定在回来之后立刻就把她的旅行印象全部端给了我儿子，包括她悄悄向我透露的所有细节："俺也去了哥滕港，就俺一人。差不多就是俺们当年上船的地方。俺什么都回忆起来了，那些小孩子，脑袋冲下，在冰冷的水里。俺忍不住要哭，可是又不能哭……"她然后又摆出一副与己无关的样子，眼珠向上翻着白眼。接着就只谈 KdF："真是一条漂亮的船……"

因此，我下一次去新施特雷利茨探监时，那是在大选刚刚结束之后，看见了一套迷人的手工模型，也就不足为奇了。我儿子正在摆弄的这个手工模型，肯定是母亲花钱买的一件礼品。

这种东西可以在百货商店的玩具部找到，那里的货架上整整齐齐地摆放着各种手工模型盒，里面是各种可以在天上飞，可以在地上开，可以在水里游的著名的模型。我不相信她是在什未林买的。她要么是在汉堡的阿斯特百货公司，要么就是在柏林的 KaDeWe 百货商场找到的。她经常去柏林。最近她开了一辆高尔夫，总在外面跑，而且——就她的驾驶方式而言——敢于冒险；母亲是根据原则超车。

她来柏林，不是为了到克劳伊茨贝格的那个乱糟糟的单身汉的家里看我，而是在施马根多夫，和她从前的女朋友燕妮"聊天"，就着松脆的饼干，喝上一杯小红帽牌的香槟酒。统一以后，她们俩经常见面，就像是必须把柏林墙时代损失的那些岁月补回来似的。她们是很特别的一对。

母亲去看望燕妮阿姨的时候，我就亲眼见过，她总是显得很腼腆，像是一个刚刚捉弄过别人的小姑娘。她现在想弥补过错。燕妮阿姨似乎早就原谅了所有在许多年以前发生的不愉快的事。我看见，她一瘸一拐地走过来，抚摸着母亲，悄声地说："好啦，图拉，好啦。"然后两人都沉默不语。燕妮阿姨喝她的热柠檬茶。母亲最喜欢的人,除了游泳淹死的康拉德和被判刑坐牢的康尼,要是还有什么人的话,就该是她的这个学生时代的发小。

自从我六十年代初在施马根多夫这栋复斜屋顶式住宅的一个小房间里住过以来,这里的任何家具都没有变动。所有小摆设都一尘不染,看上去就像是新的。燕妮阿姨家里的墙上,包括那几面斜墙,都贴着跳芭蕾舞的照片,她当时是以艺名"奥古斯特丽"出名的,扮演吉塞尔,演过《天鹅湖》和《科佩丽亚》,苗条的身材,表演独舞,她旁边的舞伴们也都是身材窈窕。母亲是被贴在了记忆内和记忆外。如果有人可以交换记忆,是有人这么说的,在卡尔斯巴德街,过去和现在一直都是交换这种持久性东西的场所。

因此,她也利用柏林之行,在看望燕妮阿姨前后,在 KaDeWe 百货商场,从各种手工模型的材料盒里寻找一种特定的模型。既不是多尔涅水翼飞机"Do X",也不是虎王坦克模型,既不是在一九四一年就被击沉的"俾斯麦号"战列舰,也不是那艘战后被当作废船拆卸了的"希佩尔海军上将号"重型巡洋舰,对她来说,这些似乎都不是合适的礼物。她没有选中任何军队的东西,她偏爱的是那条客轮"威廉·古斯特洛夫号"。母亲也许根本就没有向任何人请求咨询,她总是知道自己需要什么。

肯定是提出了申请,允许我儿子在来宾会客室里展示一下这件特别的东西。当犯人康拉德·波克里弗克捧着模型船进来的时候,那个看守官员友好地点了点头。当我看见它的时候,脑子里顿时乱成一团。难道还没有结束吗?这个故事还要重新开始吗?母亲到底有完没完?她究竟想什么呢?

我对在此期间已经成年的康尼说:"非常漂亮。不过,你早已过了玩这种东西的年龄,对不对?"他甚至也认为我说得对:"我知道。假如你在我十三四岁过生日的时候送我'古斯特洛夫号',我就用不

144

着现在补玩这个小孩子的东西。挺有趣的。我有足够的时间，不是吗？”

他的指责击中了我的要害。我反复咀嚼他的话并且暗暗问自己，如果及时地玩玩这条该死的船的模型，而且是在父亲的指导下，是不是会让我儿子避免落到这一步，这时他问道：“是我问图拉奶奶要的。这条船到底是什么样的，我想在眼前有点儿立体感的东西。看上去挺可爱的，是不是？”

这条“力量来自欢乐”的船，从船头到船尾，都显得光彩照人。我儿子用无数个零件装配成这条没有等级差别的度假者的梦幻船。日光甲板多么宽敞啊，不受任何上层建筑的遮挡。唯一的烟囱威武雄壮地挺立在船中央，稍微有点向船尾倾斜。玻璃围起来的游步甲板清晰可见。桥楼的下面是那个被称为拱顶大厅的玻璃房。我在考虑，有游泳池的 E 甲板会在船里的什么部位，数了数救生艇：一条也不少。

康尼把这条白色的、闪闪发光的船模型放在一个自己做的铁丝架上。船体，一直到龙骨，都可以看得一清二楚。我立刻对勤奋的制作者表示了赞赏，尽管带有一点讽刺的口吻。对我的赞扬，他嘁嘁地笑了笑，变魔术似的从口袋里掏出一个小圆盒，打开后可以看见，里面装着三个红色的像分币那么大小的标签。他用这三个红点在船体上标出了被鱼雷击中的地方：第一个在船的前部左舷，第二个我推测是船里面游泳池所在的位置，第三个标出的是机房。康拉德很庄重地做完这件事。他在船体上作出了记号，凝视着他的作品，显然很满意，说：“精工出细活。”然后突然改变了话题。

我儿子想知道，我在大选时投了谁的票。我说：“肯定不是共和党。”然后承认，好几年来，任何投票站都不能吸引我。“这是你的特点，绝对没有真正的口悦心服。”他说，但是他不愿意透露，他作为第一次参加选举的青年选民，通过寄信投票的方式，到底选了谁。我猜，他是选了民主社会主义党，可能是受母亲的影响。他微笑了一下，然后在船模型上，船头，船尾，两根桅杆的顶上，插了几面很小的、显然是他自己做的旗帜，这些旗帜是放在另一个小圆盒里的。甚至就连 KdF 的标志和德意志劳动阵线的旗帜，他也做了缩小的复制品。也没少了那面卐字旗。这条旗帜飘扬的船。一切都没错，只是在他身上什么地方都不对劲儿。

如果儿子猜透了父亲遭到禁止的、多年来受到软禁的想法，并且一下子就据为己有，甚至付诸实施，那该怎么办？我一直在努力，至少在政治上把住方向，不要说错话，对外要显得无可指责。人们称之为自我约束。不管是在施普林格的报社，还是在《柏林日报》，我总是按照规定的歌词唱歌。对于那些经我手里写的东西还是很相信的。将仇恨打成泡沫，玩世不恭地抽身离去，两项工作交替，我觉得并不费力。然而，我从来没有冒过尖，也从来没有写过制定方针大略的社论。题目都是别人确定的。我就是这样保持中间状态，从来没有完全滑到左边或者右边，不得罪人，随波逐流，必须一直保持在水面上，是啊，这大概跟我出生时的情况有关，几乎所有的一切都能够以此来加以解释。

但是，我儿子却喜欢大肆张扬。实际上，这也并不奇怪。肯定会这样的。康尼在做了这一切之后，诸如在互联网发布，在聊天室瞎聊，在他的主页上宣告，那么，在什未林湖的南岸，有目标射出的这几枪，就是必然的最后结果。现在，他被关在少管所里，乒乓球比赛的胜利和作为电脑培训班的主持人，为他赢得了威信，他可以吹嘘通过了高中毕业考试，母亲悄悄地告诉我，他甚至现在就已经得到了经济界提供的一个未来的职位：新工艺。他在下一个新世纪似乎前途无量，显得很乐观，看上去吃得也不错，说的都是很理智的话，但是他一刻也没有停止高举着那面小旗。这样下去只会是不好的结局，我心里没有明确的主意，需要听听别人的建议。

最初，因为我不知道该怎么办，就去找了燕妮阿姨。老太太在她的玩具娃娃小屋里，一边微微地点着头，一边认真地听了我或多或少非常真诚地诉说的一切。对她是可以开怀倾诉的。大概从青少年时代起,她就已经习惯这样。当我竹筒倒豆子全都说出来之后,她冲着我淡淡地一笑,说:"这是邪恶,想要冲出来。我少年时代的朋友图拉,你亲爱的母亲,了解这种问题。哎呀,我小的时候经常不得不忍受她的突然发作。还有我的继父,据说,我出身于吉普赛人的家庭,这在当年是绝对不能说出来的,这个有些古怪的参议教师,我用的就是他的姓,布鲁尼斯,肯定领教过图拉的邪恶的一面。她总是恶作剧。但是结果很糟。被人告发之后,我爸布鲁尼斯被带走了……去了施图特霍夫集中营……不过最后一切还算不错。你应该和她谈谈你的担忧。图拉根据自己的经历就知道,一个人会发生多么彻底的变化……"

于是,我就急匆匆地从柏林驱车上了二十四号高速公路,走岔道前往什未林。只要是能谈的想法,我都和母亲谈了。我们坐在加加宁街那栋修缮过的高层水泥板居民楼第十层的阳台上,可以看见电视塔,列宁铜像仍然矗立在下面,注视着西方。母亲的住房似乎没有任何变化,但是她最近又重新发现了童年时期的宗教信仰。她开始信奉天主教,在起居室的一角布置了一个家庭圣坛,上面放着许多蜡烛和塑料花——白色的百合,中间是一幅小巧的圣母像;但是,旁边的那张斯大林同志身穿白色西装、悠闲地抽着烟斗的照片使人感到很惊讶。凝视着这个圣坛,却什么也不说,是很困难的。

我带了一些母亲喜欢吃的东西——杏仁蛋糕和罂粟糕点。我把东西拿出来,刚坐下来,她就说:"你用不着为俺们的小康拉德过于操心。他现在坐牢,是自作自受。等他放出来以后,肯定是一个真正的极端分子,就和俺从前一样,那时,自己的同志都骂俺是斯大林的最后一个忠实信徒。不用担心,他不会再出什么事的。在俺们的小康拉德的头上,总有一个保护天使在飞……"

她又摆出一副与己无关的样子,眼珠向上翻着白眼,然后眼神又恢复正常,她认为她的女朋友燕妮——果然她又一次判断正确——说得对:"邪恶,就在俺们的脑袋里,而且到处都有,必须赶走……"

不,从母亲那里是不可能得到任何建议的。从她那个白发苍苍的脑袋里出来的想法,永远都是短一截的。我还能从哪儿得到帮助呢?嘉碧吗?

我又开上从什未林去莫尔恩的那条已经开得很熟了的路段,每一次我到那里的时候都会对这个小城的纯朴美感到惊奇。小城的历史可以追溯到蒂尔·欧伦施皮格尔所处的那个时代,但是这个小城却几乎不能忍受他开的那些玩笑。我前妻家里最近多了一个男朋友,按她的说法,是一个"很可爱、很温存、很敏感的人",所以我们约在临近的拉策堡见面,在"湖滨宫廷饭店"吃饭,她吃素,我吃的是一块猪排,这里可以看见湖面的天鹅、鸭子和一只不知疲倦的凤头鹳鹩。

她一上来就说了一句,"我的确不想伤害你",然后让我对所有与我儿子有关的事情负责,她说:"你知道,很长时间以来,我拿这孩子根本没辙。他封闭自己,对爱和关心拒不接受。我现在算是深信不疑了,在他的心里,而且是深到心底深处,都已经彻底堕落了。我真想让令堂大人认识到这一点,我觉得,这都是从她那里遗传下来的,通过她的宝贝儿子一直传到康拉德。这是不会有任何改变的。另外,在我上一次探监的时候,你儿子已经宣布和我断绝关系了。"

接着她还暗示,她和她的那个"热心、聪明、善于交际的"伴侣,希望开始一种新的生活。在经受了所有这一切之后,她有权利抓住这个"小小的机会"。"你想想,保尔,我终于有毅力把烟戒了。"我们俩都没有要餐后点心。考虑到别人,我忍住没有再吸一支烟。我的前妻坚持付了自己的饭钱。

听听我儿子的忠实女友罗希有什么建议的想法,虽然事后觉得有点儿可笑,但是也颇有启发,要向未来看嘛。第二天就是探监日,在她探视了康尼之后,我们在新施特雷利茨的一家咖啡店见了面。她的眼睛不再是哭肿的。平时散开披着的头发,现在扎了一个结。她把身体绷得直直的,仿佛随时都准备作出牺牲。就连平时毛毛躁躁、总在寻找支撑点的双手,这会儿也攥成了拳头,放在桌上。她语气坚决地对我说:"您作为父亲怎么做,是您的事。就我而言,不管会发生什么事,我会永远相信康尼身上的善良。他是多么坚强,堪为楷模。我不是唯一一个坚定不移相信他的人,而且也不仅仅是在思想上。"

我说,他本质上是好的。从原则上来说,我也是这么相信的。我还想多说些什么,但是却听见她像是作为结束语似的说道:"不是他,而是这个世界是邪恶的。"这时已经到了该我向少管所登记探视的时间了。

我第一次获准去参观他住的牢房。也就是说,康拉德·波克里弗克由于良好的表现以及典范性的社会行为举止,获得了这种一次性的特别许可。我还听说,他的狱友们正在花园干活。康尼在属于他的那个角落等着我。

这个监狱已经破烂不堪,据说,现代化的新监狱已经在计划之中。我一方面以为自己已经不怕任何意料之外的事,另一方面又担心我儿子会不会突然又有什么灵感。

我走进牢房,第一眼看见的是斑斑点点的墙壁,他穿着那件挪威花色的套头衫坐在靠墙的一张桌子前面,头也没有抬,说道:"哦,是爸爸?"

我儿子出乎意料地叫我"爸爸",他用手指了一下放书的搁板,乍一看还有点不可理解,在那下面放着所有镶在镜框里的照片,大卫即沃尔夫冈的,法兰克福特年轻时的和上了年纪的,那两张都被认为是潜艇指挥官马林涅斯科的,都从墙上取了下来。没有任何新的东西替代照片挂在墙上。我迅速地扫视了一遍搁板上的书,可以预料到的是,有许多历史方面的,有几本关于新技术的,还有两本卡夫卡的。

对这些被取下来的照片,我什么也没有说。他似乎也已经料到不会听到任何评论。接下来的事,发生得很快。康拉德站了起来,从放在桌子中央的铁丝支架上拿起那个以威廉·古斯特洛夫命名、用三个红点作出标记的轮船模型,把它平放在支架的前面,左舷稍微有一点斜,然后,不慌不忙地,不恼不怒地,更像是经过深思熟虑地,开始用握紧的拳头捶击他精心制作的模型。

肯定很疼。在捶击了四五拳之后,他的右手开始流血。可能是被烟囱、救生艇、两根桅杆弄伤的。然而,他还在继续捶击。船体也不肯向他的捶击让步,这时,他用双手捧起模型船残体,转向一侧,举到齐眉的高度,摔在牢房的地板上,地板是用打过蜡的纯木头做的。然后,他又用脚将"威廉·古斯特洛夫号"模型船剩下的东西踩烂,最后被踩碎的是几条最后从吊艇柱上掉下来的救生艇。

"现在满意了吧,爸爸?"接着什么话也没有说。他的目光凝视着有栅栏的窗户,久久地停留在那里。我也不知道当时说了些什么。总是一些积极正面的话吧。"绝不应该自暴自弃。"或者"让我们再一次共同重新开始。"或者是一句从美国电影里学来的蠢话:"我为你感到骄傲。"我走的时候,我儿子也没有一句多余的话。

过了几天,不对,就是在此后第二天,某人,我就是以他的名义,按照螃蟹的走路姿势,向前行进,他急急火火地建议我赶紧上网。他说,也许用鼠标可以找到一句合适的结束语。我的生活一直都很有节制,只看与职业有关的东西,偶尔也看看色情网站,其他都不看。自从康尼坐牢以来,我也不再上网。现在再也没有大卫了。

我在网上漫游了很长时间。虽然经常还能在视窗里看到那条该死的轮船的名字,但是没有任何新东西或者终成定局的东西。然而,终于出现了比担心更糟糕的。在特别的地址下面,有一个网页在用德文和英文自我介绍,这个叫"康拉德·波克里弗克战友同盟"的网页 www.kameradschaft-konrad-pokriefke.de 在为一个行为和思想均堪为楷模、因此被令人憎恨的社会制度投入监狱的人大作宣传。"我们相信你,我们等待你,我们追随你……"等等,等等。

没有停止。也绝不会停止。

附录:

格拉斯谈《蟹行》

二〇〇二年三月二十五日至二十七日,译者在德国北部城市吕贝克参加君特·格拉斯先生召集的中篇小说《蟹行》翻译讨论会期间,采访了格拉斯先生。采访是在格拉斯先生的办公室和举行《蟹行》翻译讨论会的会场——诺贝尔文学奖获得者托马斯·曼的故居"布登勃洛克之家"进行的。采访由译者根据录音和记录整理。

蔡鸿君:今年二月,您的新作《蟹行》出版并且在德国引起轰动。中国的《环球时报》(2002 年 3 月 7 日)以《格拉斯新作教育德国人》为标题对您的这部作品做了介绍。您曾经说过,您始终是用文学这个工具,通过叙述故事,达到教育(aufklären)的目的,让后来的人了解德国的过去。您认为,这也是您这一代人的任务。

格拉斯:这本书的主题,至少是其中的一部分,并不是我选择的,而是历史赋予我们这一代人的,就像一件随身携带的行李。从我开始写作,它就伴随着我,迄今仍未了结。对我来说,就是尽力用文学作为工具,去进行教育。在欧洲,教育孩子的情况是不如人意的。我认为,由于教育而造成的损害,只能通过教育才能消除。非理性行为的再度出现(Rückfall des Irrationalimus)是我们可能经历的最坏的情况。《蟹行》这本书的主题实际上早就出现在我的第一部长篇小说《铁皮鼓》里,书里有两个章节,一个章节《蚂蚁大道》是写苏军开进但泽地区,苏军官兵的强奸和暴行,另一个章节《在货运车皮里长个

151

儿》写的是德国人在不久之后遭到驱逐,乘货运火车逃难,难民们在车上遇到抢劫。这两个章节是我的书长期在苏联和东欧国家不准出版的主要原因,特别是《铁皮鼓》。我希望,我的新作在今天的俄罗斯能够引起注意和讨论,前来参加翻译讨论会的俄文译者证实,这场讨论已经开始了。

蔡鸿君:关于这本书的主题,许多评论认为是突破了禁区,提到君特·格拉斯,人们都会想到,这是一个从不隐瞒自己政治观点的左派作家。

格拉斯:关于突破禁区的说法,要说只适合于分裂的德国。在过去的东德,这个主题是不得触及的禁区,当时东西德甚至有不同的称呼,在西德说"难民"或者"被逐出家园的人",在东德则被婉转地说成"迁居者"。在西德,这个主题被挤到一边,主要表现的是其他的主题,比如说,德国犯下的罪行,后来这个主题则被遗忘了,从这一点来讲,突破禁区的说法也有一定的道理。许多报刊把"威廉·古斯特洛夫号"称为"难民船",把这场海难和战争犯罪等同起来。实际情况并不是这样,这是一场灾难,而不是犯罪。当时仍在交战,而且船上还有许多军人,苏军潜艇指挥官下令击沉该船完全是正确的。不少评论不惜笔墨地大讲"难民船",其实,认真读过这本书的人,都会知道,作者的重点并非在此。不少评论写得很匆忙,我注意到,一些不太被重视的地方性报纸上的评论文章更注重讨论作品的文学性,而《南德意志报》和《法兰克福评论报》则是继续发泄对我的旧仇积怨。很多评论对我的作品并不怎么关心,而是更关心我的政治观点,甚至有人要求我把嘴巴闭上。

蔡鸿君:《蟹行》(Im Krebsgang)这个书名有什么特殊的含义吗?

格拉斯:我不想用《www. blutzeuge. de》①或者《"威廉·古斯特洛夫号"的沉没》等作为书名,使用现在这个书名完全是从小说的叙说方式出发的,在时间的安排上,在叙述的安排上,有平行,也有交

---

① 书里出现的一个纳粹网页——蔡鸿君注。

叉,书里小说主线的叙述与螃蟹的行走方式很相似。"蟹行"在德语中是一个常用的词,只是表明一种运动方式。我想,在所有的语言中都有"蟹行"这种说法,书名的意思就是"按照螃蟹的走路姿势",完全是中性的,没有任何贬义,只是指叙述或者写作的方式,一会儿向前,一会儿倒退,有时交叉,有时平行,穿插了三个真实人物的生平和一个虚构人物的故事。

蔡鸿君:在翻译成中文时,是否可以将介词 Im 撇开不译?

格拉斯:当然可以。

蔡鸿君:您将这本书归类为中篇小说,能解释一下您为什么坚持这么做的原因吗?

格拉斯:这本书写的是非同寻常的事件(außergewöhnliches Ereignis),甚至是双重意义上的非同寻常的事件。一层是这条船的故事,一直到它沉没,非同寻常的事件是叙述者在船沉没的短暂时间里,在前来救援的"雄狮号"上出生,另一层是,在互联网上捡起这一主题的那个极右青年,竟然是他的儿子。接着,事情更加复杂化,最后重现了开始时的谋杀情节,使小说再次达到高潮。我认为,它具备中篇小说的等级,具备一个非同寻常的事件的等级。但是,由于幽默的原因,稍微也有一点破例,因为,虚构的小说叙述者始终声称自己在写一篇报道,而且他总是把报道的风格加入进来。这两种形式,即中篇小说和报道,相互之间保持着一种竞争的关系。一边是报道的语调,一边是叙述的语调。对于我来说,虚构的小说叙述者和我这个作者之间在书中进行的争吵,很有吸引力。我把这本书当作一部中篇小说,他却坚持认为是在写一篇报道。

蔡鸿君:《蟹行》的第一句话是:"为什么现在才写?"我想问一下,您为什么现在要写这本书?

格拉斯:我的每本书的第一句话往往决定了这本书的调子,我从来不改第一句话。《蟹行》这部小说表现的主题,长期以来,在德国一直没有引起人们的关注,驱赶前德国东部地区居民和一千多万人逃难的主题,在西德被挤到一边,在东德根本就不准提及。这也是我

本人生活中的一个重大主题。您知道,我 1927 年出生在但泽,我的
父母在那里经营一个专卖殖民地产品的小店,1945 年 1 月,我作为
空军地勤在科特布斯负了伤,曾建议我的父母乘"威廉·古斯特洛
夫号"逃往西部,他们当时没有走,而是在夏天被苏军驱逐的。许多
年来,我们一直在讨论其他的灾难、失职和罪过。在《蟹行》这本书
里,图拉的儿子直到五十多岁的时候才开始着手从他自己的角度写
这些母亲已经督促了几十年的往事。他在互联网上找到了极右分子
搞的有关"威廉·古斯特洛夫号"的网页,这才真正开始写他的报
道。人们只要在德国的东部或者西部了解一下,就会发现,只有很少
的人听说过"威廉·古斯特洛夫号"船和这次海难。威廉·古斯特
洛夫是什么人,是谁把他打死的,出于什么动机,这一切几乎没有人
知道。因此,我在书里讲述了"威廉·古斯特洛夫号"从下水到沉没
的历史,也交代了计划建造和命名的经过。历史是不会停滞不前的。
新的纳粹分子与光头仔不同,他们可能在高级文理中学甚至在大学
里。抵制新纳粹主义,必须持之以恒,我也努力用我的方式,即小说
家的方式。

蔡鸿君:这本书引起了很大的轰动,被称为是关于人类历史上最
大一次海难的故事。这似乎是一种很好的广告。

格拉斯:这与出版社毫无关系,是评论文章里这么写的。"威
廉·古斯特洛夫号"海难虽然在书里起着重要的作用,主人公康拉
德也在互联网上为此与人争吵,但是,这绝不是写这本书的动机。

蔡鸿君:这么说,人类历史上最大的海难,并不是《蟹行》的中心
主题。

格拉斯:当然不是。我在书里有意识地并没有只写"威廉·古
斯特洛夫号"海难,而是还写了这一事件之前的许多事和相关的人
物生平,从威廉·古斯特洛夫的发迹一直到他一九三六年被杀,然后
是医学院学生、犹太人大卫·法兰克福特的生平,他进行刺杀的过
程,在瑞士坐牢,战后去了以色列,还有苏联红军潜艇艇长亚历山
大·马林涅斯科的故事,从他在敖德萨的童年,写到他指挥击沉"威

廉·古斯特洛夫号",战后被发配到西伯利亚。当然,这些生平传记都是依据"威廉·古斯特洛夫号"海难,按照这条船的命运,进行编排的。书里还有一个虚构人物,是我从过去的书里拿来的,图拉·波克里弗克,她最早是出现在我的中篇小说《猫与鼠》里的,后来又在长篇小说《狗年月》里得到扩充,她现在又被写进了《蟹行》。这样,我就拥有了进入这些历史素材的文学通道。对我来说,最初这只是一堆没有经过梳理的素材,许多年来一直在我的脑子里,我总在想什么时候要把它们写出来,而且必须写出来,但是,直到我想到让图拉这个人物出场,我才找到了处理这些素材的文学通道。

蔡鸿君:您写这部小说时,是否想到过某一个特定的读者群?

格拉斯:总的来说,没有想到过哪一个特定的读者群。但是,我也很清楚,"威廉·古斯特洛夫号"海难,战后难民逃难,对于德国的年轻一代来说,基本上是陌生的。即使有些人知道"威廉·古斯特洛夫号"海难,但也不了解这条船因此而得名的威廉·古斯特洛夫这个人,不知道他是德国纳粹党瑞士分部主席,在瑞士的达沃斯被德国犹太青年大卫·法兰克福特刺杀身亡。有一个叫海因茨·舍恩的人,曾经出过两本关于"威廉·古斯特洛夫号"沉没的书,我写《蟹行》时参考过他的书。前几天在莱比锡,我第一次见到了舍恩,他比我大几岁,舍恩当年是"威廉·古斯特洛夫号"的水手,在海难中侥幸获救,战争还没有完全结束,他就开始收集有关"威廉·古斯特洛夫号"海难的材料,他甚至还去苏联找到了那艘击沉"威廉·古斯特洛夫号"的苏军潜艇的几个幸存的水兵,并且和其中的一个结下了深厚的友谊,两人留下了许多合影。当年,他没有找到一个正经八百的出版社,最后他的两本关于"威廉·古斯特洛夫号"的书是由一个出版军舰图书的专业出版社出版的。他的其他书还在一家主要出版右翼读物的出版社出版。他本人并不是极右分子,但是他听任自己被极右分子利用。我在见面时问他为什么会在右翼出版社出书。他说,他事先并不知道,等书出版了以后,才发现他的书处于怎样的一种环境之中,但是他也无能为力。他的这种情况在我们这一代老人中间是很典型的。这也说明,正经八百的出版社不敢出这类主题的书。假如是由一位好的责任编辑来编辑出版,情况肯定会完全不同,那么我的这部中篇小说也许就完全是多余的了。

蔡鸿君:那样就太可惜了。书里关于什未林的地理环境写得非常详细,这些都是真实的吗?

格拉斯:是的,写作期间,我多次去什未林实地考察,寻找故事应该在哪里发生最合适,走了好几条街,看了几个后院,书里写的房子和门牌号码都是与实际情况相符的。那些纳粹纪念碑的基石残余物,也确实仍然存在,我感到很惊讶,在东德的政治环境中,怎么会出现这样的失误。

蔡鸿君:书里有大量计算机和互联网术语,如网页、上网、虚拟空间、聊天室等等。据我所知,您甚至一直使用传统的机械打字机写作。究竟是什么原因让您把互联网这种媒体写进了您的小说?

格拉斯:我的确不用计算机,因为我并没有这个必要,但是这并不表明我反对使用计算机。我的担心仅仅是,计算机是否会成为进行交流的唯一的工具。年轻人把计算机当成是必不可少的东西,可是恰恰在年轻人中间,被称之为交流的东西,正在转向互联网,转向一个虚拟的世界。在我的书里,在图拉的儿子叙述故事的同时,极右分子把"威廉·古斯特洛夫号"的沉没也搬上了互联网。

蔡鸿君:您曾经说过,在写《我的世纪》时,您最初是想从一个老年妇女的角度来叙述,但是刚写出一些提纲,您就觉得这个角度太窄,放弃了这种构思,改成由许多不同的人物,以"我"的口吻,叙述自己的亲身经历,从而反映了一百年来在德国发生过的或者与德国有关的重大历史事件以及似乎不太重要的事情。您在写《蟹行》时,是否也有类似改变构思的情况?

格拉斯:没有。我总是先写出提纲,然后才开始写。我的历史顾问为我收集了很多资料,大约有半米高,我花了半年的时间看资料,然后用了九个月写完。第一稿是用手写的,然后用我的"奥利维蒂"打字机写了第二稿。

蔡鸿君：您仍然是站着写作吗？

格拉斯：是的，我经常站着工作八个小时，这与我最早学的是雕塑专业有关，而且是一边写一边大声读，反复琢磨句子，直到它们不仅仅是书面的存在，而且可以朗朗上口。

蔡鸿君：《蟹行》是您在获得诺贝尔文学奖后写的第一本书。您是否对写作感到有负担，想写得更好一些，给世人一个惊喜？您是否对这本书出版后引起如此之大的轰动和成功感到意外？

格拉斯：我在写作时完全忘记了获奖的事，写作是一个紧张的过程，获得了诺贝尔文学奖也依然如此。当然，外界的期望会更大，这我也很清楚。

蔡鸿君：参加这次翻译讨论会的俄罗斯译者证实，这本书在俄罗斯已经引起了激烈的讨论。这本书可能会在俄罗斯引起争议，也许前苏军老战士会认为受到了伤害，您是否想到过这一点？

格拉斯：这是我也无法改变的。这本书即将在俄罗斯出版。但是，如果认真读了这本书，就会发现，这绝不是写这本书的动机。德国对世界犯下了许多罪行，比如，驱逐当地居民，从波兰开始，后来又在乌克兰继续进行，结果这些非正义的行为却又得到了别人的效仿。驱逐当地居民，也包括驱逐的方式，都是非正义的。

蔡鸿君：您的译者是您最认真仔细的读者，在这次翻译讨论会上，您是否通过您的译者，对这本书又有什么新的发现？

格拉斯：我发现，有许多对我来说是自然而然的东西，对译者却存在各种各样的问题，而且欧洲的译者和其他地区的译者，比如说中文的和阿拉伯文的译者，对某些表达方式有着不同的困难。举办这种翻译讨论会是我的主意，最早是在1977年《比目鱼》出版之后，目的是为了尽可能地减少翻译错误。完全杜绝翻译错误恐怕是不可能的，但是翻译的质量和准确性则可以因此而得到提高。

蔡鸿君：您认为，在现代社会里，作家所扮演的角色是否有所改变？文学是否还有未来？

格拉斯：总的来说，作家所扮演的角色没有改变。但是情况总是在变的,这也涉及我们所有的人,因为我们的时间是有限的。对于"不朽",我们有完全不同的考虑。文学始终伴随着检查、禁止和放逐,同时也伴随着作家的傲慢,他们可以说:"我们有的是时间,你这个独裁者,蠕虫会把你吃掉,而我们的书将永存。"但是这种情况开始改变,因为我们正处于一个自我消灭的境况之中,威胁来自许多方面,而且持久不断。这不是上帝安排的世界末日,而是人类自己准备的终结。不过,我会一直写下去,这也符合我的西西弗斯情结,石头不会停留在山上,我将继续写作。

蔡鸿君:您的许多作品写的是第二次世界大战中的事情,最近几年,美国和欧洲又卷入了战争,从这种意义上来讲,您的新作是否想要传递某种信息?

格拉斯:传递某一种特定的信息,当然不是我想要做的,但是书里至少是再一次清楚地展现了战争的恐怖和后果,比如难民逃亡、大批人死亡、驱赶当地居民。今天,战争的方式和战争的起因与过去有所不同,再说,美国是目前世界上唯一的超级大国,拥有强大的军事装备,而且以帝国主义的方式和方法推行强权政治,肯定将会发生意想不到的事情。美国现任总统完全失去了分寸,这种危险性就更大。讨伐恐怖主义的战争被变成了一次十字军东征,还有将一切分成善与恶两种类型的简单分类,这是一种非理性主义的突然出现(Ein-bruch des Irrationalismus)。在危机的情况下,实际上更应该保持理智。人们不可能通过军事手段完全阻止恐怖主义的蔓延。如果不问问恐怖主义产生的原因,是不可能战胜恐怖主义的。

蔡鸿君:在第二次世界大战之后,欧洲现在终于已经"成年",您认为,如果美国发动一场可能是针对伊拉克的战争,华盛顿是否能够让它的西欧伙伴相信,应该进行这场战争?

格拉斯:我对美国是否能够真正让西欧伙伴完全相信,持怀疑的态度。只要西欧国家不积极参与,我就满足了。我感到高兴的是,德国总理施罗德在表示给予不受限制的支持的同时,也表示德国不会参与冒险(Abenteuer)。他把一场可能针对伊拉克的战争称为是"冒险战争"（Abenteuerkrieg），他说，如果没有联合国的授权，我们不参与任何反对恐怖主义的战争。没有联合国的授权，就不应该进行。这在一定程度上限制了美国要求它的盟国共同进行这场战争的可能性。

蔡鸿君：1993年您因为社会民主党赞同修改《基本法》中的政治避难权条款，宣布退出社会民主党。现在议会正在讨论通过《移民法》，您是如何看《移民法》的，您认为，《移民法》对今年的德国大选会产生什么影响？

格拉斯：社会民主党和绿党通过努力达成一致，在很大程度上接受了基民盟议员、萨尔州州长米勒的建议，如果基民盟和基社盟仍然拒绝，那么只能是出于大选的原因。前不久在联邦参议院发生的事情完全是一场可笑的闹剧。我认为这是非常卑鄙的，这与基督教毫无关系。德国的两大教会，即基督教和天主教，都表示赞同《移民法》，这是非常有意思的，尤其是天主教更让人感到惊奇，它过去总是和基民盟保持一致。近年德国经济不景气，因此经济界也会对通过《移民法》表示欢迎。

蔡鸿君：有一些评论认为，这部新作表现的主题，表明您有向右转的倾向，就像几年前马丁·瓦尔泽一样。他们的结论是，格拉斯将趋向保守。

格拉斯：这完全是愚蠢的说法。如果认真地读了这本书，就会看懂作者的意图。我认为，也必须克服存在的左倾的盲目无知（linke Blindheit）。我们不应该把这个主题，这个重要的主题，交给极右分子，其实这也是左翼自己的疏忽失职，把这个主题放到一边，避而不谈，让右翼将它送到互联网上去了，因此，我站在我的左派立场上来写书进行反击。

蔡鸿君：有人把您称作是"国家的良心"，您是怎么看待的？

格拉斯：我不喜欢这种说法。我和海因里希·伯尔一直反对把我们称为"国家的良心"，因为，这种良心要从别的地方拿来，再分配给作家，而作家是没有权利去贯彻实施什么的。因此这是毫无意义的。

蔡鸿君:您的政治责任感和积极参与政治,在德国历来颇有争议,但却受到许多中国同行的称赞。不少中国作家主张,作家不应该坐在象牙塔里为少数人写作,而应该针砭时弊,干预时政。

格拉斯:请您不要忘记,假如我是一个中国作家,对中国的政治积极参与,我也会在中国成为一个有争议的人。有一句谚语说得好:先知在自己的国家不被人所重视。

蔡鸿君:德国年轻一代作家对政治不感兴趣,也不会去写反映政治主题的作品,您是怎样看待这种情况的?

格拉斯:我完全可以理解,一个年轻作家开始文学创作的时候先是从美学的角度进行尝试,我当年也是这样做的。但是,政治是很贪婪的,我很快就觉得,政治是无法回避的。年轻的作家有一天会发现,他愿意写的爱情故事或者感情纠葛,是发生在特定的社会里的,而这个社会又要受到某些政治的约束。不管他愿意不愿意,政治总要表现在他的感情纠葛里,在他叙述故事的同时反映出来,因此,在很短的时间后,在现实中,政治便会占据主导的地位,这一点是不容忽视的。我当然感到很遗憾,我今年就要满七十五岁,我希望能够有几位年轻作家来减轻我的负担,但是,现在还看不出这种迹象。

蔡鸿君:您能不能向中国读者推荐几位年轻的德国作家?

格拉斯:我不愿意推荐。如果推荐了这几个,却忘记了那几个,这种事我不愿意做。

蔡鸿君:《蟹行》这本书在文学性、艺术性、政治主题等方面完美地结合在一起。您认为,在当今社会,什么是文学最重要的功能?

格拉斯:我认为,我写的东西是与我个人独特的经历联系在一起的。有些完全专注于个人内心生活的书,不仅具有其合理性,而且也是非常必要的。文学是多种多样的,不是单数而是复数。我反对诸如"政治文学"的说法,即使有些作家完全远离政治,从某种意义上来讲,与政治保持距离的态度,其实也是一种政治态度。我绝对不会期望,所有的作家都要具有政治责任感,同样我也不会认同作家应该退回到象牙塔里去的观点,这也是荒谬的。当然,国家和国家之间的情况也有所不同,有一些国家很幸运,它们没有经历过战争和意识形态诱惑,文学的发展就会完全不同,即使这些文学常常会乏味无聊。在德国,即使是一些年轻作家,过了一些时间,他们也会发现又触及了他们祖父那一辈的踪迹,这是一段相对来说不算长的十二年纳粹统治时期,但是它的后果一直延伸到上个世纪末,并且将会延续下去。这是一个非常大的时间跨度,这个主题过去、现在和将来,始终都是具有现实意义的。我可以理解,有些人总是说,现在应该结束这种关于过去的讨论,我们应该关注现实,不要再纠缠历史,从"零点"重新开始。可是,过了不几个月,又会出现与纳粹时期有关的问题,比如关于纳粹时期的"强制劳工",历史又浮出了水面,让人们面对,这是一个反复出现的过程。我从来就不信任这种过于迅速的和平条约。

蔡鸿君:您刚才提到"零点",您认为,一九四五年是德国文学的零点吗?

格拉斯:这只是某些人的一种观点,实际上并没有什么"零点",这种观点是荒唐的。当时只有一段没有明显界限的过渡时期。留在德国的作家,在纳粹时期仍然在写作,流亡国外回来的作家,起初并没有被重新接受,大大小小的纳粹官员,在很短时间之后,又重新做官,甚至有一些在纳粹时期曾经干过许多坏事的法官,一直到上个世纪七十年代仍然在德国当法官。因此,从来就没有过什么"零点"。

蔡鸿君:您认为,一九九〇年对于前东德是"零点"吗?

格拉斯:毫无疑问,对于被涉及的人,当然是。但这也不是"零点"。国家通过被错误理解的政策重新统一,他们的过去完全被盗走了,一切与此有关的历史,突然间就被全部抹掉了,这是一个无可比拟的错误行为,我们将会看到,这一切在经过一段时间之后将会得到好转。文学也是这样,新的开端已经出现,生活在德国东部地区的人,有权要求维护自己的历史,包括文学的。

蔡鸿君:前东德的作家,除了极个别的例外,现在基本上被人们遗忘了，他们的书得不到再版，您认为，这对前东德的作家公正吗？

格拉斯：当然是不公正的，甚至对他们是残酷的，有些作家完全沉默了。我相信，不久的将来也会出现回升。

蔡鸿君：克里斯塔·沃尔夫获得了今年首次颁发的德国图书奖的终身奖，前几天，您在莱比锡为她致颁奖词。您认为，克里斯塔·沃尔夫将会重返德国文学舞台吗？

格拉斯：克里斯塔·沃尔夫从来没有失去她的读者，不仅在德国东部，而且也在德国西部。一九九〇年，德国西部地区有几个写文评的刽子手认为，克里斯塔·沃尔夫作为代表人物必须为整个东德文学承担责任，曾经出现了极其恶劣的评判和谴责。当时我就坚决地反击这种论调，对于我来说，这种同事之间的友谊是天经地义的，因此，这一次我也很高兴为她致颁奖词。

蔡鸿君：克里斯塔·沃尔夫的作品从上个世纪八十年代中期开始翻译成中文，她的《分裂的天空》在中国得到了很高的评价，现在她的《卡桑德拉》和《美迪亚》正在翻译之中。一九九九年，您在得知获得诺贝尔文学奖时，曾经说过，如果您和克里斯塔·沃尔夫共同分享这个奖，您会更加高兴。

格拉斯：我作为诺贝尔文学奖候选人已经有二十多年，我说过，如果要把诺贝尔文学奖给德国，当时德国还是分裂的，那么同时给一个西德作家和一个东德作家，将是一种美好的象征，如果是我获得这个奖，我将很乐意和克里斯塔·沃尔夫共同分享。我过去和现在一直这么认为。

蔡鸿君：您总是一边写作，一边画画，在写《蟹行》的过程中，您是否也画了许多螃蟹？

格拉斯：只画了用在封面上的那一幅，这是一种淡水蟹，据说是从中国来的，它们吸附在船底，漂洋过海，来到欧洲，繁殖得很快。您应该把几只这种从中国来的螃蟹再带回中国去。现在我又换了工具，主要做陶土雕塑，全是跳舞的男女。

蔡鸿君：从上个世纪八十年代中期开始，您的主要作品被陆续翻译成中文。您在中国享有很高的声誉。中国的许多文化机构,其中有中国最高社会科学研究机构——中国社会科学院,希望邀请您在合适的时候再次访华。

格拉斯:非常感谢,不过您知道,我今年就要满七十五岁,中国这么大,需要比较多的时间,好好进行准备。今年五月底,我将要去韩国和朝鲜一周。

蔡鸿君:您是否有可能在中国做短暂停留? 比如在北京大学做一次演讲?

格拉斯:看来是不可能的,演讲必须要事先写好才行啊。再说,此次韩国和朝鲜之行本身就是增加出来的,因为歌德学院邀请我去韩国,我提出,我要去,就既去韩国,也同时去朝鲜,结果他们竟然真的安排妥了。

蔡鸿君:我知道您读过许多中国古典文学作品,包括《金瓶梅》。我想问问,您是否也读过中国现当代新的文学作品?

格拉斯:我是读过很多中国古典文学作品,不仅仅是《金瓶梅》。至于现当代文学,我不知道能不能算是新的,有一位中国很著名的作家,他的名字我一时说不上来,书里写的是一家四代……

蔡鸿君:你指的可能是老舍和他的小说《四世同堂》。

格拉斯:对,就是老舍,他的《四世同堂》是一部很了不起的长篇小说,写的是日本占领时期的北京,我非常有兴趣并且非常认真地读了这本书,的确是一本很好的书。

蔡鸿君:去年在法国巴黎书展,您和二〇〇〇年诺贝尔文学奖获得者、中文作家高行健见了面。他的书《灵山》不久前翻译成德文出版,您是否读过他的书,我知道,他肯定读过您的书,因为,他受法国文学和德国文学影响很大。

格拉斯:我们是见过面,我也读过他的书,但是,我现在不想对此发表意见。

蔡鸿君:您的《蟹行》将翻译成中文出版,对于您的中文读者,这本书会有什么启示? 您是否能对您的中文读者说几句话。

格拉斯:我不知道,是否可以直接给以什么启示。我希望,这本书可能会从某种转义上引起中文读者的兴趣。在中国历史上,肯定也会有许多事件,或者早已被人们遗忘,或者长期不得谈论,或者被列为禁区,我的这本书也许会促使某位中文读者或者某位中文作家,去写写这些由于种种原因成为禁区的事件,那么我将会感到非常欣慰。

蔡鸿君:格拉斯先生,衷心感谢您接受采访。

Im
Krebsgang